# 街道《かいどう》の牙《きば》

## 影御用・真壁清四郎

黒崎裕一郎



祥伝社文庫

目次

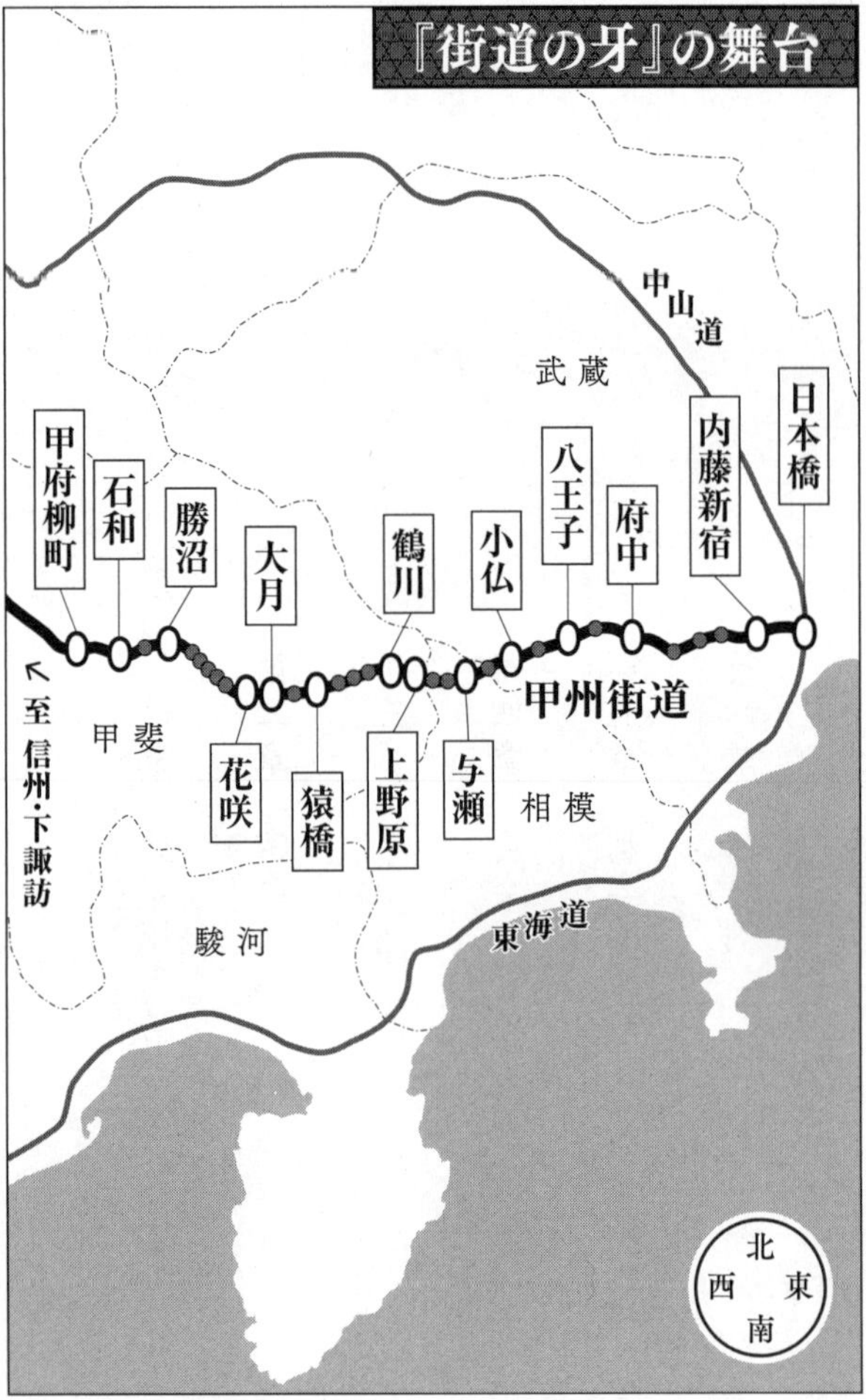
『街道の牙』の舞台
中山道
武蔵
日本橋
内藤新宿
府中
八王子
小仏
鶴川
大月
勝沼
石和
甲府柳町
甲州街道
花咲
猿橋
上野原
与瀬
甲斐
相模
至 信州・下諏訪
駿河
東海道
北
西
東
南

地図作成／三潮社

# 第一章　旗本風来坊《はたもとふうらいぼう》

一

天保《てんぽう》十一年（一八四〇）六月。

梅雨《つゆ》が明けて、江戸は本格的な夏を迎えようとしていた。

このところの猛暑で、寝苦しい夜がつづいている。

灯《ひ》ともしごろになると、大川《おおかわ》の川面《かわも》は涼《すず》み船《ぶね》の明かりで埋めつくされ、どこの盛り場も涼を求める人々で祭りのような活況を呈《てい》しはじめる。

「大《たい》そうな人出だねえ」

両国広小路《りょうごくひろこうじ》の雑踏《ざっとう》を縫《ぬ》うように歩きながら、初老の男がつぶやくように供の男に語りかけた。五十がらみの恰幅《かっぷく》のよいその男は、深川入船町《ふかがわいりふねちょう》の材木問屋『武蔵屋《むさしや》』の主人・惣右衛門《そうえもん》で、供の男は番頭の与兵衛《よへえ》である。

「夜になっても、この暑さでございますからねえ」

首筋に浮いた汗を手拭《てぬぐ》いで拭《ふ》き拭き、与兵衛がうんざりした口調でいった。

時刻は六ツ半（午後七時）を廻っていたが、昼間の暑気《しょき》は一向《いっこう》に衰《おとろ》える気配はなかった。

しかもまったくの無風で、暑熱を帯《お》びた夜気がどろんと淀《よど》んでいる。

「せめて風があれば、少しは暑さもしのげるのだが……」

惣右衛門はせわしなげに扇子《せんす》を使いながら歩度《ほど》を速めると、芋《いも》を洗うような広小路の雑踏を足早に通り抜け、柳原《やなぎわら》の土手道に足を向けた。

柳原は神田川《かんだがわ》の南岸の堤《つつみ》で、その名が示すとおり、東西十町（約一キロ）にわたって柳並木がつづいている。昼間はこの土手道に古着屋や古道具屋などの床店《とこみせ》が建ち並び、買い物客で賑《にぎ》わうが、日暮れとともにそれらの露天商も店を畳んで帰ってしまうので、夜はにわかに寂しくなる。

柳原の対岸（北岸）は、俗《ぞく》に向《むこう》柳原と呼ばれる船宿街である。

川岸に軒《のき》をつらねる船宿の明かりが、神田川の川面に映《は》えて、漁火《いさりび》のようにきらきらときらめいている。

「風が出てきたな」

つぶやきながら、惣右衛門は扇子を閉じてふところに納めた。

川面を吹き渡ってくる川風が、汗ばんだ肌を心地よくねぶってゆく。

「まさに値千金《あたいせんきん》でございますね、この風は」

「まったくだ」

惣右衛門と与兵衛は人心地ついたような表情で、風にそよぐ柳の枝を手で払うようにしながら、ゆったりとした足取りで土手道を西へ向かっていった。

しばらく行くと、前方に橋が見えた。和泉橋《いずみばし》である。

橋の南詰まで来ると、先を歩いていた惣右衛門が足を止めて、

「ほう」

と感嘆《かんたん》の吐息を洩《も》らしつつ、目を細めて月明かりに浮かぶ橋を見やった。

欄干《らんかん》や橋板、橋桁《はしげた》、橋杭《はしぐい》が真新しい木材で修築されている。

和泉橋は寛永《かんえい》年間（一六二四～四三）に架けられた長さ十四間（約二十五メートル）、幅三間（約五メートル）の木橋だが、一カ月前の大雨で神田川が増水し、橋杭十数本が流失、崩落の危機に瀕《ひん》したために、幕府はすぐさま市中の業者

を招集し、入札《いれふだ》で橋の修築工事を申しつけたのである。

その工事を落札したのが『武蔵屋』だった。

総工費は千三百両。動員した人足は延《の》べ五百六十人。

およそ一カ月半をかけて、ようやくこの日の夕刻、修築工事が終わった。

惣右衛門と与兵衛は夕涼みがてら、その仕上がりを見に来たのである。

「御勘定所《おかんじょうしょ》のお役人は検分《けんぶん》に来たのかね」

橋板をゆっくり踏みしめながら、惣右衛門が背後の与兵衛に問いかけた。

「はい。七ツ半（午後五時）ごろ、秋元《あきもと》さまがお見えになったそうでございます」

「それで？」

秋元とは、工事の発注責任者――勘定吟味《ぎんみ》役の秋元弥左衛門《やざえもん》のことである。

「非の打ちどころのない仕上がりだと、お褒《ほ》めの言葉をちょうだいしたそうで」

「そうか。それはよかった」

惣右衛門は満面の笑みを浮かべながら、欄干から身を乗り出すようにして橋の下を見下ろした。真新しい木肌をさらした、直径二尺（約六十センチ）はあろうかという橋杭が十数本、川の流れに立ちはだかるようにしっかりと屹立《きつりつ》している。

「橋杭にはやはり犬槇《いぬまき》が一番だねえ」

「それはもう……」

与兵衛が深々と首肯《しゆこう》する。

「犬槇を使えば向こう五十年は水腐れの心配はございません」

一般に橋の杭木には、比較的安価な杉や檜《ひのき》材が使われていたが、耐久年数が短かいために、頻繁《ひんぱん》に架け替え工事を行なわなければならなかった。

そこで惣右衛門は、採算を度外視して、耐水、防虫にすぐれた犬槇材を橋杭に使うよう指示したのである。物の書にも、

〈犬槇の杭木は朽損《きゆうそん》や虫の蝕《むしば》みも之《これ》なく、最も希代《きたい》の良材なり〉

と記されているように、たとえば文禄《ぶんろく》三年（一五九四）に犬槇を使って創架された千住大橋《せんじゆおおはし》は、正保《しようほう》四年（一六四七）に改架されるまでの半世紀余、一度も架け替え工事が行なわれなかったという。

「十露盤《そろばん》勘定も大事だが、何よりも安全が第一だからねえ」

これで人々も安心して橋を利用することができるだろうと、惣右衛門は至極《しごく》満足そうな笑みを浮かべ、

「薬研堀《やげんぼり》の小料理屋で一杯やっていこうか」

と与兵衛をうながして、ふたたび柳原の土手道に足を向けた。

和泉橋の南詰から半丁（約五十四メートル）ほど東に行ったところで、前を歩いていた惣右衛門がふと足を止めて、けげんそうに闇に目を凝《こ》らした。

前方の柳の老樹の陰から、うっそりと黒い人影が現われたのである。

おぼろな月明かりに浮かび立ったその人影は、木賊《とくさ》色の小袖《こそで》に朽葉《くちば》色の袴《はかま》をはいた、肩幅の広いがっしりした体躯《たいく》の浪人者だった。

凝然《ぎょうぜん》と立ちすくんでいる惣右衛門と与兵衛に向かって、浪人者はゆっくり歩み寄って来た。歳《とし》のころは三十二、三。目つきの鋭《するど》い、凶悍《きょうかん》な面貌《めんぼう》である。

「手前どもに何か御用でも？」

惣右衛門が恐る恐る声をかけると、

「武蔵屋惣右衛門だな？」

低い、くぐもった声が返ってきた。

「は、はい。ご浪人さまは……？」

それには応《こた》えず、浪人者は無言のまま二人の前に立ちはだかった。

ただならぬ気配を察した惣右衛門と与兵衛が、背を返して立ち去ろうとした瞬

間、
しゃっ。

紫電一閃《しでんいっせん》。浪人者の刀が鞘走《さやばし》った。抜く手も見せぬ拝《おが》み打ちである。

与兵衛の顔面が血に染まり、声もなく土手道に倒れ伏した。

「ひ、人殺し！」

度肝《どぎも》を抜かれて逃げ出そうとする惣右衛門の背中に、袈裟《けさ》がけの一刀が浴《あ》びせられた。

刃先は惣右衛門の背中を斜めに斬《き》り裂《さ》いていた。

「わッ」

悲鳴を上げて惣右衛門は大きくのけぞり、背中からおびただしい血を噴き出しながら、朽木《くちき》のように土手の斜面を転げ落ちて行った。

そのさまを冷やかな目で見届けると、浪人者は刀の血振《ちぶ》りをして鞘に納め、何事もなかったかのように悠然《ゆうぜん》と闇の深みに消えて行った。

二人の死体が発見されたのは、翌早朝である。

見つけたのは、柳原の土手に床店を出している浅吉《あさきち》という古道具屋だった。

土手道に突《つ》っ伏《ぷ》している与兵衛を見て、酔っぱらいでも寝込んでいるのかと思い、そばに歩み寄って見ると、顔面から血を流して死んでいたので、仰天《ぎょうてん》して近くの番屋に届け出たのである。

その直後に土手下の草むらに転がっていた惣右衛門の死体も見つかった。

通報を受けて、南町《みなみまち》奉行所《ぶぎょうしょ》の定町廻《じょうまちまわ》り同心《どうしん》・小宮山《こみやま》左門《さもん》と岡《おか》っ引《ぴき》の辰三《たつぞう》が駆《か》けつけて来たのは、それから四半刻《しはんとき》（約三十分）後だった。

二人の死体は土手道の端に並べられ、筵《むしろ》がかぶせられていた。

左門は死体のかたわらにかがみ込み、十手《じって》の先で筵をめくって死体を見た。

与兵衛は正面から顔面を叩き割られ、惣右衛門は背後から袈裟がけに斬られていた。いずれも傷は深く、肉の裂け目から白い骨がのぞいている。ほぼ即死だったに違いない。

「得物《えもの》は刀だな」

と左門がいった。

「てえと、下手人《げしゅにん》は侍《さむらい》ですか」

「ああ、それも並みの腕じゃねえ」

鏡心明《きょうしんめい》智流《ちりゅう》の剣の遣《つか》い手でもある左門は、死体の切り口を一目見て、下手人が相当の手練《てだれ》であることを読み取ったのである。

「二人とも一太刀《ひとたち》だ。かなりの遣い手だぜ」

つぶやきながら、左門は右手をのばして惣右衛門の懐中を検《あらた》めた。縞《しま》の財布に小判三枚と小粒（一分金）二個、鐚銭《びたせん》十数枚が入っている。

「物盗《ものと》りの仕業《しわざ》じゃねえな」

「辻斬《つじぎ》りですかね」

「さあな」

左門は小首をかしげながら立ち上がった。

「いずれにしても、仏《ほとけ》の身元を洗い出すのが先決だ」

「へい」

惣右衛門の身なり風体《ふうてい》、財布の中の所持金などから見て、左門はどこぞの大店《おおだな》の主人ではないかと推察した。

「両国や本所《ほんじょ》、深川界隈《かいわい》の商家をしらみつぶしに当たってみてくれ」

辰三にそう命じると、検死に立ち会った番屋の者に二人の死体を奉行所に運ぶよう指示して足早に立ち去った。

その日の夕刻、辰三が三十がらみの男を連れて南町奉行所にやって来た。

男は深川入船町の材木問屋『武蔵屋』の手代・忠吉《ちゆうきち》だった。

「手前どもの主人と番頭が、昨夕和泉橋の普請現場に行くといって家を出たまま、今日になってももどって来ませんので、もしやと思いまして」

忠吉は沈痛な表情でいった。

「さっそく、仏を検めてもらおうか」

忠吉をうながして、左門は同心詰所を出た。辰三もあとにつづく。

奉行所の表門の右奥に、犯罪容疑者を留置する仮牢《かりろう》が二棟あり、それに隣接して身元不明の変死者の死体を仮安置する死体置場があった。板葺《ぶ》き屋根の粗末な小屋である。

板戸を引き開けて、三人は小屋の中に足を踏み入れた。

小屋の奥の暗がりに、身元不明の死体を塩漬けにした大樽《おおだる》が四つばかり並んでいる。

「ひでえ臭《にお》いだ」

辰三が顔をしかめて鼻をつまんだ。

この数日の猛暑で塩漬けの死体の腐敗が進んだのだろう。小屋の中には吐き気をもよおしたくなるような異臭が充満している。

左門は意《い》にも介《かい》さずずかずかと小屋の奥に歩を進め、真新しい二つの樽の蓋《ふた》を取って、忠吉に検めさせた。

樽の中をのぞき込んだ瞬間、忠吉は思わず目をそむけて絶句した。

「どうだ?」

「………」

一拍の沈黙のあと、

「ま、間違いございません」

忠吉は声を震わせていった。

「手前どものあるじと番頭の与兵衛でございます」

「そうか。これを渡しておこう」

左門が差し出したのは、惣右衛門が所持していた縞の財布だった。

「中の金子《きんす》は無事だった。物盗りの仕業じゃねえな」

「では、一体誰が……?」

忠吉はすくい上げるような目で左門を見た。

「怨《うら》みの筋かもしれねえぜ」

「金の貸し借り、商売上の揉《も》め事、女がらみ。……世の中に怨みの種はいくらでもあるからな。何か思い当たる節《ふし》はねえかい？」

「いいえ」

やや憮然《ぶぜん》とした表情で忠吉はかぶりを振り、

「旦那さまは他人の怨みを買うようなお人ではございません」

語気を強めて否定した。

左門はそれ以上詰問《きつもん》しようとせず、忠吉をうながして小屋の外に出ると、

「下手人はかならずおれたちが挙《あ》げてやる。仏さんを引き取ってねんごろに葬《ほうむ》ってやることだな」

と慰撫《いぶ》するようにいい、忠吉を深川の『武蔵屋』まで送り届けるよう辰三に命じて詰所にもどった。

二

同心御用部屋で半刻（約一時間）ほど書類の整理をしたあと、小宮山左門は帰

「怨み？」

り支度《じたく》をして奉行所を出た。

時刻は六ツ（午後六時）を廻っていたが、外はまだ明るかった。

西の空が明々《あかあか》と残照に染まっている。

今日も暑い一日だった。数寄屋河岸《すきやがし》の外壕《そとぼり》通りを仕事帰りの職人や人足《にんそく》、お店者《たなもの》などが疲れた足取りで行き交《か》っている。

比丘尼橋《びくにばし》の手前を右に折れて、京橋川《きょうばしがわ》の南岸の道を東をさしてしばらく行くと、前方に二つの橋が見えた。左手に見えるのは京橋川に架かる白魚橋《しらうおばし》で、正面に見えるのは三十間堀《さんじっけんぼり》に架かる真福寺橋《しんぷくじばし》である。

白魚橋を渡れば八丁堀《はっちょうぼり》の組屋敷はもう目と鼻の先なのだが、左門はそのまま真《ま》っ直《す》ぐ歩を進めて真福寺橋を渡った。

橋の東詰をすぐ右に曲がると、三十間堀の西岸に南北につらなる町屋が見えた。このあたりを俗に「あさり河岸《がし》」といったが、正式な地名は南八丁堀大富町《おおとみちょう》である。

左門が足を止めたのは、あさり河岸の南はずれにある鏡心明智流の道場『士学館《しがくかん》』の前だった。道場といっても、平屋建ての古い町家を改築《しっそ》したもので、『士学館』の門札がかかっていなければ見過ごしてしまうほど質素なたたずまいである。

中から竹刀《しない》を打ち合う乾いた音がひびいてくる。

左門は玄関脇の小部屋で三つ紋付きの黒の絽羽織《ろばおり》を脱ぎ、その上に大小の刀を置くと、小廊下を通って道場に向かった。

四方を板壁に囲まれた四十畳ほどの道場では、五、六人の門弟たちが実戦さながらの激しい稽古《けいこ》をしていた。

火を噴くような竹刀の音。

裂帛《れっぱく》の気合。

飛び散る汗飛沫《しぶき》。

稽古に打ち込む門弟たちの熱気と気迫がむんむんとみなぎっている。

左門は入口の敷居ぎわに腰を下ろし、稽古の様子をじっと見守った。

正面の見所《けんぞ》にどかりと腰を据えて、門弟たちの動きに鋭い目をやっているのは、鏡心明智流三代目の道場主・桃井春蔵直雄《もものいしゅんぞうなおかつ》である。齢《よわい》五十五。小柄だが筋骨隆々《りゅうりゅう》たる体軀、髪も眉《まゆ》も黒々としており、見るからに古武士然とした面《つら》がまえをしている。

鏡心明智流は、大和郡山藩《やまとこおりやま》柳沢《やなぎさわ》家の臣・桃井八郎左衛門直由《はちろうざえもんなおよし》が開創した流派である。

　桃井は宝暦《ほうれき》七年（一七五七）に柳沢家を致仕《ちし》し、諸国武者修行の旅に出て無辺《むへん》流槍術《りゅうそうじゅつ》や戸田《とだ》流（居合）、一刀流、柳生《やぎゅう》流、堀内《ほりうち》流などの刀術を学び、安永《あんえい》二年（一七七三）、江戸に出て日本橋南茅場町《みなみかやばちょう》に『士学館』道場を開いて流名《りゅうめい》を立てたが、翌安永三年（一七七四）三月に死去した。

　その跡を門人で養子の桃井春蔵直一《なおかず》が継ぎ、道場を南八丁堀大富町のあさり河岸に移した。文政《ぶんせい》二年（一八一九）、春蔵直一の死後、実子の春蔵直雄が三代目を継いで現在に至っている。

　この『士学館』道場が、斎藤弥九郎《さいとうやくろう》の神道無念流《しんとうむねんりゅう》道場『練兵館《れんぺいかん》』、千葉周作《ちばしゅうさく》の北辰一刀流《ほくしんいっとうりゅう》道場『玄武館《げんぶかん》』とともに盛名《せいめい》をきわめ、江戸三大道場の一つに数えられるようになったのは、これより十二年後の嘉永《かえい》五年（一八五二）、四代目・春蔵直正《なおまさ》の時代である。

「とうッ！」

　ひときわ鋭い気合が道場内にひびき渡った。

　門弟の一人が稽古相手の一撃をかわして、左斜め下から瞬息《しゅんそく》の逆胴《ぎゃくどう》を打ったのである。まさに電光石火《でんこうせっか》、目にも止まらぬ早業《はやわざ》であった。

打たれた男は大きくのけぞり、ドスンと尻餅《しりもち》をついたが、すぐに体を起こして床に両手を突いて平伏した。旗本《はたもと》の子弟とおぼしき若い武士である。

「ま、まいりました！」

「なんの」

打った男は静かに竹刀《しない》を引いて、微笑した。息ひとつ乱さぬ、涼やかな顔である。

「おぬしの太刀ゆきもなかなかのものだった」

歳のころは二十六、七。六尺（約一八〇センチメートル）ゆたかな長身の男である。色浅黒く、彫《ほ》りの深い精悍《せいかん》な面立《おもだ》ち。月代《さかやき》を茫々《ぼうぼう》と伸ばした一見浪人風体だが、この男、れっきとした大身《たいしん》旗本の次男坊で、名は真壁清四郎《まかべせいしろう》という。

「本日の稽古、これまでにいたそう」

平伏している若い武士にそういうと、真壁清四郎は見所の桃井春蔵に向き直り、深々と一礼して背を返した。そのとき、入口付近に座っている左門と目が合った。

「おう、左門、久しぶりだな」

白い歯を見せて、清四郎がつかつかと歩み寄ってきた。

「このところ忙しさにかまけて、すっかり稽古を怠《おこた》ってしまったのでな」

いいながら、左門はゆったりと立ち上がり、

「一つ、手合わせを願おうか」

「よかろう。竹刀にするか、それとも木剣《ぼっけん》を使うか」

「木剣にしよう」

「ふふふ、強気だな」

「竹刀では気合が入らんからな」

「望むところだ」

清四郎は不敵《ふてき》に笑ってみせた。

二人は壁の木刀掛けから枇杷《びわ》の蛤《はまぐり》刃《ば》の木刀をつかみ取った。

道場内に異様な緊張が奔《はし》った。

木刀での打ち合いは危険を伴う。よほど腕に自信がないかぎり、道場の稽古で木刀を使うことはなかった。

門弟たちは稽古を中断し、いっせいに壁ぎわに下がった。

道場の中央に立った清四郎と左門は、およそ二間（約三・六メートル）の間を置いて正対し、互いの目を見据えながら、爪甲礼《そうこうれい》をして静かに木刀を構えた。

爪甲礼とは、頭を下げずにあごを引いて軽くうなずくだけの礼である。

清四郎は正眼《せいがん》の構え、左門は右八双《はっそう》の構え。

須臾《しゆゆ》の間《ま》、息詰まるような対峙《たいじ》がつづいた。

この二人は同い年の二十六歳。十数年来の剣友であり、同時に最強の好敵手同士でもあった。二人とも十代で鏡心明智流初伝目録《しよでんもくろく》を得、二十歳《はたち》のときに皆伝《かいでん》、二十三歳で奥伝《おくでん》を得ている。腕は互角といっていい。

門弟たちが固唾《かたず》を呑《の》んで見守る中、先に動いたのは左門だった。

わずかに右足《うそく》を摺《す》りながら、右廻りに間合いを詰めはじめたのである。

左門の動きに応じて、清四郎も体をゆっくり左に開いた。木刀は中段につけている。

数瞬の時が流れた。

二人の間合いは、すでに一足一刀《いっそくいっとう》の間境《まざかい》を越えている。

（はっ！）

無声の気合を発して、左門が右から鋭く打ち込んできた。

清四郎の剣がそれに反応したかに見えたが、次の瞬間、左門は素早く体を左にひねり、剣尖《けんせん》を返して左から薙《な》ぎ上げた。

右から打ち込むと見せかけて、左からの逆袈裟を放ったのである。並みの人間ではかわしきれぬ迅《はや》さであり、勢いだった。

だが、清四郎はその動きを瞬時に読み取っていた。体をわずかに開くなり、中段に構えた木刀を無造作《むぞうさ》に振り下ろし、左門の逆袈裟を叩きつけるように払いのけたのである。

カーン！

木刀が鳴りひびき、同時に二人の体が左右に跳んだ。そのときだった。

「それまで！」

見所から桃井春蔵の嗄《しやが》れた声が飛んできた。

対峙していた清四郎と左門は思わず木刀を引いて、見所に向き直った。

「いまの勝負は引き分けじゃ」

「引き分け？」

釈然《しやくぜん》とせぬ顔で、清四郎が訊《き》き返した。両者が木刀を交《まじ》えたのは、たった一度だけである。左門が仕掛け、清四郎が受けた。時間にすればほんの数秒である。

たったそれだけの動きで「引き分け」はあるまいと、清四郎も左門も内心不満に思いながら、師の顔を凝視した。

「真剣なら双方の刀が折れておった。折れた刀で斬り合いはつづけられまい」

春蔵がさらりといってのける。

二人は虚《きよ》をつかれたような顔になった。

確かに清四郎も左門も、打ち合った瞬間、両手がしびれるような強烈な衝撃を感じた。その衝撃を枇杷の木刀が吸収し、互いの剣をはじき返したのである。

だが、鋼《はがね》の真剣には木刀のような弾力性はない。左門の太刀ゆきの迅さ、それを受けた清四郎の剣の強さからみて、仮に真剣を使っていたとすれば両者の刀はいずれもはばき（鍔元《つばもと》）のあたりでポッキリ折れていたに違いない。二人の木刀が咬《か》み合った瞬間、春蔵はそう看破《かんぱ》したのである。

「よって、いまの勝負は引き分けじゃ」

反論の余地のない明快な判定だった。

「はっ」

二人は威儀《いぎ》を止して一礼し、木刀を壁の木刀掛けにもどして道場を出た。

「さすがだな、清四郎」

夕闇に包まれた三十間堀の堀割通りを歩きながら、左門がぽつりといった。

「何のことだ？」

「先刻の立ち合いだ。あの見せ太刀をかわせる人間は、そうざらにはおらんだろう」

見せ太刀とは、一方から打ち込むと見せかけてその逆を突く、現代ふうにいえばフェイントのことである。清四郎の手の内を知りつくした左門が、一瞬の判断で放った奇策だったが、それをものの見事にはね返されたのである。

「正直、あれには意表《いひょう》を突《つ》かれた。紙一重の差だったな」

清四郎は屈託《くったく》なく笑った。

「紙一重か――」

「稽古の差が出たのだろう」

「確かにな」

左門は清四郎の指摘を素直に認めた。

「毎日稽古を積んでいるぶん、おぬしには一日《いちじつ》の長がある」

「おれは無為徒食《むいとしょく》の部屋住み暮らしだ。ほかにやることがないのさ」

清四郎は自嘲《じちょう》気味にそういったが、その言葉とは裏腹に表情はあっけらかんとしている。

「結構なご身分だ」

　左門は苦笑した。

「皮肉か、それは？」

「本音さ」

　清四郎は幕府の大目付《おおめつけ》をつとめる旗本三千五百石・真壁周防守清隆《すおうのかみきよたか》の次男である。一方の左門は三十俵二人扶持《ぶち》の町方《まちかた》同心で身分は御家人《ごけにん》。すなわち将軍に拝謁《はいえつ》できないお目見得《めみえ》以下の下級武士である。家格、家禄、役料、拝領屋敷の規模、すべてにおいて二人の間には天と地ほどの懸隔《けんかく》があった。

　本来、この二人は対等に口の利《き》ける間柄ではないのだが、剣を通じて友情を深めた清四郎と左門の間に身分の壁は存在しなかった。互いの物言いにも態度にも、まるで幼《おさな》なじみのような心安さがにじみ出ている。

「おれの身分のどこが結構なのだ？」

　ややムッとした表情で、清四郎が反問した。

「働きもせずに毎日遊んで暮らせる。これ以上結構なご身分はあるまい」

　皮肉というより、揶揄《やゆ》するような口調だった。

「おぬしのひがみだな。それは」

すかさず清四郎がいい返す。売り言葉に買い言葉である。

「ひがみだと？」

気色《けしき》ばむ左門に、

「ま、ま、そう尖《とんが》るな」

清四郎は笑ってかわすと、

「おぬしが思うほど、おれは気楽な身分ではない」

急に声の調子を落として、ぼそりといった。

武家社会では、長男が家督《かとく》相続の第一順位者であり、次男以下は「お控えさま」と呼ばれ、他家に養子に行くか、生涯、部屋住みの身で終わるか、二つの選択肢しかなかった。部屋住みというのは、俗ないい方をすれば「飼い殺し」である。

清四郎の立場もまさにそれだった。

真壁家の家督は長男の清一郎《せいいちろう》が継ぐことに決まっており、三男の清七郎《せいしちろう》もすでに他家に養子に出ていた。ところが、どういうわけか次男の清四郎には養子の口がかからず、二十六歳になる現在も部屋住みの身に甘んじているのである。

「わずかな捨て扶持で〝飼い殺し〟にされているおれの身にもなってみろ。日々退屈地獄だ。息が詰まるぞ」

「ま、おぬしの立場もわからぬではないが――」

「左門」

ふと足を止めて、清四郎が見返った。

「久しぶりに一杯どうだ？」

「例の店か？」

左門の顔に意味ありげな笑みが浮かんでいる。

「ほかにツケで呑《の》める店はないからな」

三

二人は三十間堀に架かる紀伊国橋《きのくにばし》を渡り、三十間堀二丁目の路地に足を踏み入れた。

このあたりは俗に銀座裏河岸《ぎんざうらがし》といい、小粋《こいき》な料理屋や料亭、茶屋などが点在している。

路地の奥まったところに、ポツンと小さな明かりが見えた。

軒行灯《のきあんどん》に『千鳥《ちどり》』の屋号が記されている。

間口三間ほどの数寄屋造りの瀟洒《しょうしゃ》な小料理屋である。

清四郎が格子戸を引き開けて中に入ると、奥から艶《つや》やかな女の声が飛んできた。

「あら、清四郎さま、お久しぶりでございます」

女将《おかみ》のお志津《しづ》である。歳は二十三。目鼻だちのととのった美形だが、小料理屋の女将にしては化粧も薄めで、どことなく品のある面差《おもざ》しをしている。

店内には、京橋界隈《かいわい》の商家の旦那衆やお店者ふうの客が数組いた。

「小宮山さまもご一緒ですか。ささ、どうぞ奥へ」

お志津に案内されて、二人は奥の小座敷に上がった。

お志津が酒肴《しゅこう》の注文を受けて板場に去ると、左門がぬっと顔を突き出し、ささやくような小声で訊《き》いた。

「おぬし、あの女とはまだつづいているのか」

女将のお志津と清四郎がわりない仲であることを、左門は知っていた。

「うむ、まあ」

清四郎はあいまいにうなずいた。

「罪な男だな、おぬしも」

「罪？」

「その気がないなら、そろそろ手を引いたほうがいいぞ。おぬしのためにも、お志津のためにもな」

「その気とは、どういうことだ？」

「けじめをつけるということだ」

「けじめ、か」

武士の身分を捨てて、町女のお志津と一緒になる気があるのかどうか。その気がなければきっぱり別れるのが、男のけじめだと左門はいっているのである。

「実をいうと……」

ほろ苦く笑いながら、清四郎がいった。

「近ごろ、おれもつらつらと考えることがある。士籍を捨てて『千鳥』の亭主におさまるのも悪くはあるまいとな」

「ほう」

左門は意外そうに目を細めた。

「だが、当のお志津がそれを望むかどうか——」

いいさしたとき、お志津が冷や酒と肴《さかな》を盆にのせて運んできたので、二人の会話はそこでぷつんと途切れた。

「お待たせいたしました。どうぞ」

たおやかな笑みを浮かべて酒肴の盆を二人の前に置くと、お志津は一礼して去った。そのうしろ姿をちらりと横目で見送りながら、

「久しく見ぬうちに、また一段と女っぷりが上がったな」

左門が独語するように小声でぽつりといった。

「おぬしがのめり込むのも無理はない」

「左門、その話はもうやめよう」

手を振って制止すると、清四郎は猪口《ちょこ》の酒を一気に呑みほして、

「それよりお役目のほうはどうなんだ？　何か面倒な事件でも抱えているのか？」

「ああ」

左門は眉をひそめてうなずき、昨夜『武蔵屋』の主人・惣右衛門と番頭の与兵衛が柳原の土手で斬り殺された事件の一部始終を語って聞かせた。

「下手人は侍か？」

清四郎の問いに、左門は深くうなずいた。

「二人とも一太刀だ。番頭の与兵衛は顔面を叩き斬られ、あるじの惣右衛門は背中を袈裟がけに斬られていた。傷の深さから見て、ほぼ即死だったようだ」

「かなりの手練だな」

「惣右衛門の所持金は無事だった。物盗りの仕業ではない」

「すると、怨みか？」

「いや」

左門はかぶりを振った。

「『武蔵屋』の手代は、まったく思い当たる節がないといっている」

「うーむ」

清四郎は腕組みをして沈思した。

「いずれにしても、下手人は相当の遣い手だ。ひょっとすると――」

左門の表情が険《けわ》しく曇った。

「金で雇われた殺し屋かもしれぬ」

「とすれば、まともな武士ではあるまい。どこぞから流れてきた食い詰め浪人だろう」

「江戸には山犬浪人が掃《は》いて捨てるほどいるからな」

「多少手間ひまはかかるが、市中の盛り場を片っぱしから洗ってみたらどうだ？」

「うむ」

「何なら、手を貸してやってもいいぞ」

「おぬしが？」

左門はけげんそうな目で見返した。

「町方が動けばすぐ噂になるが、おれは見たとおりの浪人風体だ。山犬どもの溜まり場に足を踏み入れても怪しまれる恐れはあるまい」

「なるほど」

左門は微苦笑した。月代を茫々《ぼうぼう》と伸ばした清四郎の風貌《ふうぼう》、色あせた黒木綿の小袖に仙台平《せんだいひら》の袴という身なりは、どう見ても浪人そのものである。

「誰が見ても大身旗本の次男坊とは思わんだろうな」

「どうだ？　おれを使ってみる気はないか？」

「厚意《こうい》はありがたいが――」

ためらうような表情で、左門は猪口の酒を干した。

この時代、江戸は世界一の人口を擁《よう》する犯罪多発都市であった。その治安に当たる南北両町奉行所には、それぞれ与力二十五騎、同心百四十名が配されていたが、実際に探索・捕縛を任とするのは、いわゆる「三廻《さんまわ》り」と呼ばれる隠密《おんみつ》廻り同心二名、定町廻り同心六名、臨時廻り同心六名、合わせてわずか十四名である。

その十四名で広大な江戸府内を巡回し、治安取締りに当たらなければならないのだから、廻り方同心の苦労は並みたいていではない。それこそ、

(猫の手も借りたい)

ほどの忙しさなのである。清四郎はそうした実情を知っていて、

「猫の手より、おれのほうがましだろう」

と冗談を飛ばしたが、左門はニコリともせずに応えた。

「立場上、おれの口から頼むとはいえぬ」

「立場上、か——」

清四郎は思わず苦笑を浮かべた。

「おぬしらしいな」

「どういうことだ？」

「良くいえば謹厳実直《きんげんじつちょく》、悪くいえば杓子定規《しゃくしじょうぎ》。融通《ゆうずう》のきかぬ堅物《かたぶつ》ってことよ」

「何といわれようと、門外漢《もんがいかん》のおぬしに町方の仕事を手伝わせるわけにはいかぬ。それが奉行所の決まりだ」

「わかった。じゃ、こうしよう」

呑みかけの猪口を盆に置いて、清四郎は左門の顔を直視した。

「おれは勝手にやる」

「勝手に？」

「それなら文句はあるまい」

左門は反論しなかった。半《なか》ば諦《あきら》め顔である。猪口に酒を注《つ》ぎながらいった。

「おぬしのことだ。やめろといってもやるだろう。好きなようにするがいいさ」

「よし。そうと決まれば、さっそく明日から——」

といいさすのへ、

「清四郎」

左門が厳しい目を向けた。

「勝手に動くのは結構だが、おぬしの身に何があろうと、町方はいっさい関知せんからな。それだけは肝《きも》に銘《めい》じておいてくれ」

「わかってるさ」

清四郎は恬淡《てんたん》と笑った。


「清四郎さま、もう五ツ（午前八時）を過ぎましたよ」

お志津の声で目を醒《さ》ました。

東の障子窓にまばゆいばかりの朝陽が差している。

ふあッ、と生あくびを一つすると、真壁清四郎はむっくり起き上がった。

『千鳥』の二階の四畳半の寝間である。

久しぶりに深酒をしたせいか、頭が重い。

左門が帰ったあとも、清四郎はひとり『千鳥』に居残って呑みつづけ、そのまま泊まり込んでしまったのである。

部屋の中には甘い髪油の匂《にお》いや、お志津の肌の香りがほのかにただよっている。

清四郎が身支度をととのえていると、階段に軽やかな足音がひびいて、お志津が入ってきた。もうひと働きしてきたらしく、赤い襷《たすき》がけに井の字絣《がすり》の前垂れ姿である。

「朝餉《あさげ》の支度ができましたよ」

「おう、済まんな」

清四郎は差料《さしりよう》を手に取り、お志津のあとについて階段を下りた。

店の奥の小座敷に朝食の箱膳が二つ並んでいた。炊《た》きたての飯に味噌《みそ》汁、野菜の煮物、浅蜊《あさり》と昆布《こんぶ》の佃煮《つくだに》、香の物などがのっている。

お志津が襷と前垂れをはずして膳の前に腰を下ろし、

「さ、どうぞ」

と茶碗に飯を盛りつけて差し出した。まるで世話女房のような甲斐《かい》甲斐《がい》しさである。二人は差し向かいで食べはじめた。

「ゆうべ、左門に説教されたよ」

味噌汁をすすりながら、清四郎がぼそりといった。

「けじめをつけろとな」

「けじめ？」

お志津が箸《はし》を止めて、けげんそうに見返した。

「おまえとのことだ」

「そう」

お志津は小さくうなずいた。まるで他人事《ひとごと》のように淡々とした表情である。無言のままふたたび箸を運びはじめた。

「一緒になる気がなければ別れろと……。それが男のけじめだとな」

「小宮山さまらしいわ」

お志津は微笑《わら》っていった。左門の性格はお志津もよく知っている。生真面目《きまじめ》で何事も黒白《こくびゃく》をつけぬと気が済まない性分《しょうぶん》だが、根はやさしい男なのだ。自分のことを気づかってくれているのだろうとお志津は思った。

「でも、ご心配なく。わたしはいまのままで十分満足しています。これ以上望むことは何もありません。……お替わりはいかがですか？」

話をそらすように、お志津が手を差し延べた。

「いや、もういい」

「じゃ、お茶をいれてまいります」

立ち上がって板場に去るお志津のうしろ姿に目をやりながら、

(不思議な女だ)

と清四郎は胸のうちでつぶやいた。

もともとお志津は日本橋の裕福な生糸《きいと》問屋の一人娘だったが、十五のときに父親が肝《かん》ノ臓《ぞう》を患《わずら》って病の床に臥《ふ》したために商いが立ち行かなくなり、家運は衰微《すいび》の一途《いっと》をたどっていった。やがて店は他人の手に渡り、看病の甲斐もなく父親は他界。そのあとを追うかのように母親も心ノ臓の発作であっけなくこの世を去った。

天涯孤独の身となったお志津は、日本橋堀留町《ほりどめちょう》の料亭に住み込み奉公に入り、朝から晩まで牛馬のごとく働きながら、わずかな給金の中からこつこつと蓄《たくわ》えた三十両の金を元手に、二十一歳のときに現在の店を構えたのである。

清四郎とお志津が知り合ったのは昨年の春ごろだった。ふらりと『千鳥』に入ってきた清四郎にお志津が一目惚《ひとめぼ》れし、その晩に二人は結ばれたのである。

それ以来、抜き差しならぬ男と女の関係が一年以上もつづいているのだが、その間、お志津は一度も「一緒になりたい」などと口にすることはなかったし、またそんな気《け》ぶりもいっさい見せなかった。

気丈《きじょう》を装《よそお》っているのか、それとも武家の女房になって肩身の狭い思いをするより、小料理屋の女将をつづけながら、清四郎の情人でいたほうが気楽だと思っているのか。

お志津の本心は、清四郎にもさっぱり読めなかった。

「ところで、お志津」

茶をすすりながら、清四郎が気まずそうにいった。

「昨夜の呑み代だが、あいにく手元不如意《ふにょい》でな」

「いいんですよ、いつでも」

「今度来たときに、かならず払う」

そういうと、清四郎は飲み終えた湯飲みを茶盆にもどして腰を上げた。

「清四郎さま」

お志津も立ち上がり、すり寄せるように体を寄せてきた。

「小宮山さまがおっしゃったこと、気になさらないでくださいな」

「お志津」

清四郎はいきなりお志津の手を引き寄せて抱きすくめた。

着物を着ているときのお志津は骨細で華奢《きゃしゃ》な女に見えるが、こうして抱きすくめてみると意外なほど豊かな体つきをしている。

清四郎の脳裏《のうり》に昨夜のお志津の白い裸身がよぎった。

（この女をほかの男に抱かせたくない）

お志津の口を吸いながら、清四郎はそう思った。

四

真壁周防守清隆の上《かみ》屋敷は、麹町谷町《こうじまちたにまち》にある。

敷地は千五百坪。長屋門付きの広大な屋敷に、当主の清隆と妻女の琴江《ことえ》、長男の清一郎のほかに、家老《かろう》一人、用人《ようにん》二人、給人《きゅうにん》三人、中小姓《ちゅうごしょう》七人、徒士《かち》三人、足軽《あしがる》二十人、中間《ちゅうげん》十五人、奥女中五人が住んでいた。総勢五十九人の大所帯《おおじょたい》だが、これでも三千五百石級の旗本の家臣の数としては少ないほうである。

麹町の上屋敷のほかに、真壁家は京橋木挽町《きょうばしこびきちょう》に敷地三百坪ほどの下《しも》屋敷を持っていた。旗本の下屋敷は、緊急時の避難所として幕府から下賜《かし》されたものだが、実際には当主や奥方の静養の場として使われていた。現代の別荘のようなものである。

その下屋敷に清四郎が住みつくようになったのは一年半ほど前だった。

普段から折り合いの悪かった兄の清一郎と些細《ささい》なことから口論となり、腹立ちまぎれに屋敷を飛び出したのが、そもそものきっかけだった。それからしばらく市中の安宿を転々としたあと、所持金がつきて下屋敷に転がり込んだのである。

母親の琴江は、世間体をはばかって清四郎を上屋敷に呼びもどそうと、何度も使いの者を下屋敷に差し向けたが、そのつど清四郎は、

「ここが気に入った。二度と屋敷にもどるつもりはない。母上にはそう伝えてくれ」

といって、梃子《てこ》でも動こうとはしない。ほとほと困り果てた琴江が夫の清隆に相談したところ、息子たちのしつけ教育にはとりわけ厳格だった清隆が意外にも、

「清四郎も、もう二十六歳だ。好きなようにさせるがよい」

と、あっさり許したのである。ただし、これには条件が付いていた。

月々与えていた四両の扶持金を二両に半減するというのだ。

「金に困れば屋敷にもどって来るだろうし、意地でも一人暮らしをつづけたいと思うなら、自分で何とかするだろう」

これを機に清四郎に自立をうながそうと清隆は考えたのである。そんな親心も知らずに、

（たった二両でどうやって暮らせというのだ）

当初、清四郎は不満たらたらだった。

木挽町の下屋敷には、お条《くめ》という通い奉公の老婢《ろうひ》がいる。炊事洗濯《すいじせんたく》などの身のまわりの世話はそのお条がやってくれるし、家賃の心配もないので、月々二両もあれば食うには困らないのだが、遊び金までには廻らない。

そこで清四郎は、日本橋あさり河岸の『士学館』道場におもむき、一日一朱の日当で門弟たちに代稽古をつけることにしたのである。

一朱は一両の十六分の一、銭に換算すると二百五十文である。

ちなみに当時の大工や左官《さかん》の一日の収入は四百文ぐらいだった。それに比べると清四郎の稼ぎは決して潤沢《じゅんたく》とはいえなかったが、とにもかくにも、そうやって稼《かせ》いだ金で月に二、三度は外で酒が呑めるようになったのである。

「あら、若さま、朝帰りでございますか」

下屋敷の冠木《かぶき》門をくぐったところで、ふいに背後から声をかけられた。

振り向いて見ると、門の脇の植え込みの陰に小柄な老女が立っていた。

通い奉公のお条である。庭の雑草取りをしていたらしく、手に小さな鎌《かま》を持ち、欠けた歯を見せながら意味ありげな笑みを浮かべている。

「ああ」

清四郎は気まずそうに頭をかいた。

「友人宅で酒を馳走《ちそう》になってな。遅くなったので泊まらせてもらったのだ」

「さようでございますか」

「それより、お粂。おれはもう子供ではない。若さまと呼ぶのはやめてくれ」

「失礼いたしました。若さま……、いえ、清四郎さま、先ほどから笹尾《ささお》さまがお待ちでございますが」

「甚内《じんない》が？……早く、それをいえ」

いい捨てて、清四郎は玄関に飛び込んだ。

奥の居間で、小肥《こぶと》りの武士が所在《しょざい》なげに茶を喫《きっ》していた。

上屋敷の用人・笹尾甚内である。歳は五十五。頭髪が薄く、下ぶくれの丸顔に三日月形の細い目——まるで布袋《ほてい》さまのようにふくよかで愛嬌《あいきょう》のある面貌である。

「おはようございます」

両手を突いて低頭《ていとう》する甚内の前に、清四郎はどかりと腰を下ろした。

「例の物を届けにきたのか」

「はい」

甚内はおもむろに懐中から絹の袱紗《ふくさ》包みを取り出して、

「三月《みつき》分のお扶持金でございます」

と清四郎の膝《ひざ》前に置いた。包みを広げると、中に六両の金子が入っていた。月々二両の扶持金を三月ごとにまとめて甚内が届けてくれることになっていたのである。

「ちょうど、手持ちの金が底を突いたところだ。助かる」

「このところ暑い日がつづいております。どうかお体にはお気をつけて」

「うむ。父上や母上は息災《そくさい》か？」

「はい。ご健勝《けんしょう》にお過ごしでございます」

「それは何よりだ。おれのほうも日々平穏に暮らしている。心配なくと伝えてくれ」

「かしこまりました。では、手前はこれにて」

辞去《じきょ》する甚内を玄関まで見送ると、清四郎は居間にもどってごろりと横になった。

開け放った障子の向こうに広い庭が見える。

楓《かえで》や欅《けやき》、山法師《やまぼうし》、百日紅《さるすべり》などの庭木が、まるで自然林のように鬱蒼《うっそう》と葉を繁《しげ》らせ、その奥から降るような油蟬《あぶらぜみ》の鳴き声が聞こえてくる。

清四郎は肘枕《ひじまくら》で庭の緑をぼんやりながめながら、『武蔵屋』惣右衛門殺しの一件を反芻《はんすう》していた。左門の話によると、番頭の与兵衛は顔面を叩き斬られ、あるじの惣右衛門は背後から袈裟がけに斬られていたという。

とすれば、下手人はまず番頭の与兵衛を正面から斬りつけ、返す刀で逃げ出そうとした惣右衛門の背中に二の太刀を浴びせたのだろう。

それにしても相手が無腰の町人とはいえ、一瞬裡《り》に二人の人間を斬り殺すとは、恐るべき剣である。下手人はよほど人斬りに慣れた男であろう。

もとより清四郎は人を斬った経験はない。だが、道場で学んだ竹刀剣法と実戦で身につけた人斬り剣法とでは、その技量《ぎりよう》において大きな差があることは知っている。

もし下手人と真剣で対峙するようなことがあったら、果たして勝てるかどうか。

真剣で斬り合う場合、何よりも肝要《かんよう》なのは度胸、すなわち恐怖心を捨てることである。

恐怖心を捨てて「先《せん》の先」を取れば、相手が互角かそれ以上の腕であっても、勝機はあるだろう。

ぼんやりそんなことを考えているうちに、睡魔《すいま》が襲ってきた。

肘枕を突いたまま、清四郎はうつらうつらと微睡《まどろ》みはじめた。

庭の立木の奥から、あいかわらず油蝉のかまびすしい鳴き声が聞こえてくる。

いつか、清四郎は高いびきをかいて、深い眠りに落ちていた。

それから、どれほどの時間《とき》がたったのだろうか。

うだるような暑さで目が醒《さ》めた。

顔を上げて見ると、つい先ほどまで東から斜めに差し込んでいた陽が、南の高いところにあった。居間の濡《ぬ》れ縁《えん》に、灼《や》けつくような陽差《ひざ》しがぎらぎらと照りつけている。

清四郎は気《け》だるそうに上体を起こした。首筋にべっとりと汗がにじみ出ている。

「お目覚めでございますか」

ふいに声がして、廊下の襖《ふすま》の陰からお条が顔をのぞかせた。

清四郎は眠たそうに目をしばたたかせながら立ち上がり、お条に訊いた。

「いま何刻だ？」

「九ツ半（午後一時）を過ぎたばかりでございます」

「そうか」

「よくお休みになられておりましたので、お起こしするのもお気の毒だと思いまして」

「おかげで、たっぷり眠れたよ」

笑いながら、清四郎はふところから金子を取り出した。

先刻、笹尾甚内から受け取った六両の金である。

そのうちの四両を三カ月分の賄《まかな》い料としてお粂に手渡した。お粂の給金は別途上屋敷から出ているので、賄い料のほとんどは清四郎の食事に費《つい》やされる。

「確かにお預かりいたしました。お昼ご飯、召《め》しあがりますか？」

「ああ」

お粂のあとについて台所へ行き、遅い昼食をとると、清四郎は身支度をととのえ、

「道場に行ってくる」

といい置いて、下屋敷を出た。

清四郎が『士学館』道場に出向くのは、いつも昼八ツ（午後二時）ごろであ

る。

それから二刻（約四時間）ほど門弟たちに稽古をつけ、暮六ツ（午後六時）ごろ帰宅するのが日課になっていたが、この日は稽古を終えて道場を出たあと、木挽町の下屋敷にはもどらず、その足で浅草《あさくさ》に向かった。

六ツを過ぎても西の空はまだ明るく、町には人が溢《あふ》れていた。

清四郎は大通りの人混みを避けて、裏通りや路地を拾《ひろ》いながら浅草を目指した。

江戸城の丑寅《うしとら》（北東）に位置する浅草は、金龍山浅草寺《きんりゅうざんせんそうじ》を中心として、古くから栄えた町である。足利《あしかが》時代にはすでに門前町が形成され、信仰の町から商業の町へと発展、江戸時代には府内屈指《くっし》の繁華街となった。

浅草寺の寺域は、およそ十三万坪。実に東京ドーム九個分の広さである。

その広大な境内《けいだい》には、見世物小屋や楊弓場《ようきゅうば》、掛け茶屋、名物食べ物屋などが建ち並び、庶民の娯楽の場として賑わっていた。

観音堂《かんのんどう》の裏手には、俗に「奥山《おくやま》」と呼ばれる盛り場があり、昼間は辻講釈《つじこうしゃく》、独楽《こま》廻し、居合抜き、手妻軽業《てづまかるわざ》などの大道芸人が出て、参詣人《さんけいにん》たちの人気を集めていた。

清四郎が向かったのは、奥山の東はずれにある馬道《うまみち》だった。かつてこの道を浅草寺の僧侶たちが、馬術訓練のために通ったところから、馬道の地名がついたという。

現在は居酒屋や料理屋、煮売《にうり》屋などが軒をつらねる場末の盛り場になっている。

清四郎は、とある居酒屋の前で足を止めた。

軒端《のきば》に吊るした提灯《ちょうちん》に『恵比寿屋《えびすや》』の屋号が記されている。

縄暖簾《なわのれん》を分けて、ふらりと中に入った。

表にはまだ薄明《はくめい》がただよっていたが、一歩中に足を踏み入れると、店内はまるで夜中のように薄暗く、人いきれや煙草《たばこ》の煙、汗臭い男たちの体臭が充満していた。

清四郎は窓ぎわに空いた席を見つけ、注文を取りにきた中年女に冷や酒三本を頼んで腰を下ろした。酒はすぐに運ばれてきた。その酒を手酌《てじゃく》でちびりちびりやりながら、清四郎はさり気《げ》なく店内を見廻した。

暗がりに目が慣れるにしたがって、店の中の様子がおぼろげに見えてきた。

客の大半は、見るからに胡散《うさん》臭げな、垢《あか》じみた浪人者ばかりである。

昼間は観音堂裏の奥山で大道芸や物売りをして日銭を稼ぎ、陽が落ちると場末の酒場に入りびたって安酒を食らう。そんな野良犬暮らしをしている連中である。

（ひょっとしたら、この中に惣右衛門殺しの下手人がいるやもしれぬ）

一瞬そう思ったが、清四郎はすぐにそれを打ち消した。下手人が金で惣右衛門殺しを請け負ったとすれば、かなりの大金を手にしたはずである。こんな安酒場に来るわけはなかった。いまごろ深川の料理茶屋か、吉原遊廓《よしわらゆうかく》で豪遊しているだろう。

（何か手がかりだけでもつかめれば……）

と何食わぬ顔で店内を見廻しながら、二本目の徳利《とつくり》に手をつけたときである。

五

「おぬし、見かけぬ顔だが――」

ふいに背後でだみ声がした。振り返って見ると、すぐうしろの席で呑んでいた浪人者がぬっと首を突き出し、探るような目で清四郎の顔をのぞき込んでいた。

赤ら顔に不精髭《ぶしょうひげ》、鶴《つる》のように痩《や》せ細った四十年配の浪人である。

「この店は、はじめてか?」

熟柿《じゅくし》臭い息を吐きながら、浪人者が訊いた。

「ああ、馬道に安く呑ませる店があると聞いたのでな。あんたはよく来るのか」

「ほとんど毎日来ている」

応えながら、浪人者は猪口に酒を注ごうとしたが、徳利はほとんど空《から》になっていた。卓の上にはすでに空になった徳利が四、五本転がっている。

「よかったら、これを呑んでくれ」

清四郎が徳利を差し出すと、とたんに浪人者は卑《いや》しげな笑みを浮かべて、

「済まんな。わしは肥後《ひご》浪人・鏑木伝兵衛《かぶらぎでんべえ》と申す。おぬしは?」

「播州《ばんしゅう》浪人・田所新一郎《たどころしんいちろう》」

とっさに変名を名乗った。鏑木と名乗った浪人はまったく疑うふうもなく、

「田所さんか。播州浪人は気前がいいな。この店で酒を奢《おご》られたのははじめてだ」

と破顔《はがん》しながら、清四郎に振る舞われた酒を舐《な》めるように呑みはじめた。

「あんたは、いつも一人で来るのか? この店に」

「ああ、人付き合いが苦手でな。酒は一人で呑むのがいい」

「それにしても――」

猪口を傾けながら、清四郎はあらためて店内を見廻した。

「繁盛してるな。この店は」

「馬道ではここが一番安いのだ。一合の酒がたったの十六文で呑める」

「なるほど、かけそば一杯の値段で呑めるというわけか。しかし、酒はまずいな」

清四郎がそういうと、鏑木はこけた頬《ほお》に自嘲の笑みをきざんで、

「まずい酒でも酔えればいいのだ。わしらは酔うために呑んでいる」

清四郎は猪口に酒を注ぎながら、話題を変えた。

「この店の客はほとんど常連のようだが」

「見たとおり、ここは食い詰め浪人の溜まり場だ。一見《いちげん》の客が足を踏み入れることはめったにない。わしの知るかぎり、初見の客はおぬしがはじめて……」

といいさして、鏑木はふと思い出したように目を細めた。

「いや、もう一人いたな。十日ほど前に見なれぬ男が入ってきて、たまたまわしと相席になった」

「その男も浪人者か」

「ああ、江戸に着いたばかりだといっていた。歳は三十前後、名は確か……、柄《つか》戸仙十郎《どせんじゆうろう》といったな」

「腕の立ちそうな浪人か」

「詳しいことはわからんが、剣で飯を食ってるそうだ」

「ほう」

清四郎の目がきらりと光った。

「その男もここの酒はまずいとぼやいていた。それっきり二度と姿を見かけん」

「…………」

清四郎は無言で考え込んでいる。

「ところで、おぬしの生業《なりわい》は？」

猪口の酒を干しながら、鏑木がすくい上げるような目で清四郎を見た。

「定まった職はないが、月に何度か町道場で代稽古をつけて身過ぎをしている」

「そうか。おぬしも剣で身を立てているのか」

「身を立てているといえば聞こえはいいが、稼ぎは日傭取《ひようと》りの職人と変わらん。飯を食うのがやっとさ」

「差しでがましいようだが」

鏑木は急に声を落としていった。

「その酒を呑んだら、出て行ったほうがいい」

「え？」

と、けげんそうに見返す清四郎に、鏑木はさらに声を低めて、

「ここは江戸の掃き溜めだ。おぬしのようなまっとうな人間が来る店ではない。悪いことはいわん。早々に立ち去ったほうが身のためだ」

まるで父親が息子を諭《さと》すような口調である。清四郎はほろ苦く笑って、

「忠告、ありがたく承《うけたまわ》っておこう」

卓の上に酒代を置いて腰を上げると、軽く会釈《えしやく》をして店を出て行った。

表には、もう夜のとばりが下りていた。

四半刻ほど前とは打って変わって、通りには色とりどりの明かりが溢れ、得体《えたい》の知れぬ男たちがひっきりなしに行き交っている。

清四郎は人混みを縫うようにして家路を急いだ。

馬道を南に下がり、浅草寺東側の随身門《ずいじんもん》まで来ると、盛り場の明かりも人の往

来もぷつりと途切れて、物寂しい闇に包まれはじめる。

「柄戸仙十郎か」

夜道を歩きながら、清四郎はぼそりとつぶやいた。

十日ばかり前に、先刻の居酒屋『恵比寿屋』にふらりと現われた浪人者である。

その浪人者は鏑木伝兵衛に「剣で飯を食っている」といったという。

(しかし——)

清四郎の胸には釈然とせぬ思いがある。

他国から流れてきた浪人者が、剣の腕だけで職を得るのは容易なことではない。せいぜい博徒《ばくと》の用心棒《ようじんぼう》か居合抜きの大道芸ぐらいしかないだろう。

中にはそんな仕事にさえありつけず、生活に窮《きゅう》して追剝《おいはぎ》・辻斬りに手を染める者もいたし、金ずくで人殺しを請け負う者もいた。

〈斬りとり強盗はつぶれ武士(浪人)のならひ〉

といわれるほど、江戸では無頼《ぶらい》浪人の凶悪犯罪が横行していたのである。

——ひょっとしたら、柄戸という浪人者もそのたぐいではなかろうか。

漠《ばく》とした疑念を抱《いだ》きながら、清四郎は歩度を速めた。

随身門から南へつらなる長大な土塀の切れ目にさしかかったところで、清四郎はふと足を止めた。背後にひたひたと足音が迫ってくる。

不審な面持ちで振り向くと、二つの黒影が小走りに駆け寄ってきた。

いずれも筋骨たくましい大柄な浪人者である。

二人とも髷《まげ》の形もわからぬほどの蓬髪《ほうはつ》で、一人は黒々と口髭をたくわえ、もう一人は右頬に五寸ほどの刀傷があり、見るからに猛々《たけだけ》しい面構《つらがま》えをしている。

「おれに何か用か？」

油断なく身構えながら、清四郎が訊いた。

「田所さんだな？」

口髭の男がにやにや笑いながら、歩み寄ってきた。鏑木伝兵衛に名乗った変名を、なぜこの浪人者が知っているのかと、清四郎は一瞬疑問に思ったが、

（そうか）

すぐに合点《がてん》がいった。この二人も『恵比寿屋』の客だったのだ。問い返すまでもなく、

「鏑木の爺《じい》さんから聞いてきたのさ。おぬしの名をな」

と刀傷の浪人者がいった。

「それで？」

「河岸《かし》を変えて呑み直そうと思っている。おぬしも付き合わんか」

口髭がいった。

「あいにくだが、所用があるので……」

にべもなく応えて踵《きびす》を返そうとすると、刀傷の浪人者がすかさず前に廻り込んで、

「わしらのさそいを断ると申すのか」

威嚇《いかく》するように声を荒らげた。

「あんたらに付き合う義理はない」

「ならば、それなりの断り方があるだろう」

「断り方？　どういうことだ？」

「つまり、その……、わしら、ちと手元不如意でな」

背後に歩み寄った口髭が、人を食ったような薄笑いを浮かべていった。

「なるほど、そういうことか」

清四郎は苦笑した。要するに酒代をたかろうという魂胆《こんたん》なのだ。

「おぬし、羽振《はぶ》りがよさそうだな」

「そう見えるか」

「金廻りがよくなければ、他人に酒は奢《おご》れまい」

この二人は鏑木伝兵衛に酒を振る舞ったところを見ていたのである。

「武士は相身互《あいみたが》いと申すからな。どうだ？　わしらにも少しばかり合力《ごうりき》してくれんか」

「断る」

突っぱねるようにいって歩を踏み出そうとすると、

「待て。若僧」

刀傷の浪人者が殺気立った表情で刀の柄《つか》に手をかけた。

「わしらを見くびると痛い目にあうぞ」

「ほう、今度は脅《おど》しか」

「ただの脅しではない。わしらは本気だ」

背後の口髭がぎらりと刀を抜いた。同時に刀傷の浪人者も抜刀した。

二人とも中段の構えである。どうやら本気で斬りつけるつもりらしく、剣尖《けんせん》に殺気がみなぎっている。その構えを見て、清四郎は即座に二人の技量を読み取った。

（おれの敵ではない）

二人とも殺気立つあまり、肩や腕に力が入り過ぎている。力《りき》めば力むほど太刀ゆきが減速するのは、自明《じめい》の理《り》である。

すでに清四郎には勝敗の帰趨《きすう》が見えていた。出来れば斬り合いは避けたかった。

「さ、貴様も抜け」

刀傷の浪人者が、挑発するように剣尖を揺らしながら、間合いを詰めてきた。

背後には口髭がじりじりと迫っている。

清四郎は右半身に構え、両手をだらりと下げたまま微動だにしない。

「無益な血は流したくない。刀を引いてくれ」

「ふふふ、命が惜しくなったか」

「その逆さ」

「なにいッ！」

「血を流すのは、おまえさんたちだ」

「ほざいたな、若僧！」

わめくなり、刀傷が猛然と斬りかかってきた。

ぶん！

刃うなりを上げて刀が叩き下ろされた。力まかせの薪割《まきわ》り殺法《さっぽう》である。

清四郎は上体をわずかにそらして切っ先をかわすと、すぐさま腰を落として抜刀、背後から斬りかかってきた口髭の刀を下からはね上げた。

キーン！

鏘然《そうぜん》と鋼《はがね》の音が響《とよ》き、闇に火花が散った。

「お、おのれ！」

たたらを踏んで大きくのめった刀傷の浪人者が、必死に踏み止《とど》まって体をひねり、

「死ね！」

再度突きかかってきた。諸手《もろて》にぎりの刺突《しとつ》の剣である。刹那《せつな》、清四郎は横に跳んで切っ先をかわし、刀傷の浪人者の手元目がけて袈裟がけに斬り下ろした。

「ぎゃっ！」

絶叫とともにドサッと音がして何かが地面に落下した。

刀傷の浪人者の両手首が、刀をにぎったまま切断されたのである。

口髭が仰天《ぎょうてん》して立ちすくんだ。

「わ、わしの手が……！」

切断された両手首から、泉水のように血を撒《ま》き散らしながら、刀傷の浪人者は半狂乱の体《てい》で虚空《こくう》をかきむしっている。

度肝を抜かれた口髭は、からりと刀を投げ捨てるや、刀傷の浪人者の両脇を抱えるようにして一目散《いちもくさん》に逃げ出した。

清四郎は刀の血振りをして静かに鞘に納めると、何やらおぞましげな目つきで足元を見下ろした。

抜き身の刀が二本転がっている。その一本には血まみれの両手首がからみつき、柄をにぎった十本の指が別の生き物のようにひくひくと痙攣《けいれん》している。

（人を斬った）

清四郎は胸のうちで暗然とつぶやいた。

はじめて生身の人間を斬ったのである。その瞬間の感触がまだ手のひらに残っていた。

それは真剣で藁束《わらたば》や青竹を切ったときの感触とは明らかに異質のものだった。

衝撃はほとんどなかった。人を斬ったという実感もまるでわからなかった。刀《とう》刃《じん》が勝手に相手の肉を裂き、骨を断った。そんな感触である。

（人を斬るとは、これほど簡単なことか）

むしろ、清四郎はそのことに驚愕《きょうがく》していた。と同時に、

（だからこそ、剣は怖い）

あらためて、そうも思った。

# 第二章　密命《みつめい》

一

南町奉行所定町廻り《じょうまちまわ》同心《どうしん》・小宮山左門の組屋敷は、八丁堀の岡崎町《おかざきちょう》にあった。

町の西側には、築地塀《ついじべい》をめぐらした松平越中守《まつだいらえっちゅうのかみ》の中屋敷があり、塀の上に高くおおいかかった楠《くすのき》や檜葉《ひば》、椎《しい》、楓《かえで》、みず楢《なら》などの木々がびっしりと葉を繁《しげ》らせている。

左門の組屋敷は、八畳の居間に六畳二間、それに四畳半の勝手が付いた小さな平屋建てだが、敷地は百二十坪と意外に広く、家の南側には六年前に病没した父親が丹精《たんせい》込めて造り上げた庭があった。

左門はその組屋敷で、妻の美和《みわ》と二人で暮らしている。

この日も、朝から強い陽差《ひざ》しが照りつけていた。

朝餉《あさげ》のあとの茶をすすりながら、左門は庭の片隅にひっそりと咲いている紫陽花《あじさい》の花をぼんやり眺めていた。

時のうつろいは早いもので、『武蔵屋』の主人・惣右衛門と番頭の与兵衛が殺されてから、すでに十日が過ぎていた。その間、左門と岡っ引《おかぴき》の辰三は、惣右衛門の身辺《しんぺん》を徹底的に洗ってみたが、下手人《げしゅにん》につながるような有力な情報は何も得られなかった。

「武蔵屋さんは、ふところの深い温厚なお人柄でしたからねえ」

「人から怨《うら》まれるようなことはいっさいございませんでしたよ」

惣右衛門を知る者は、異口同音《いくどうおん》にそういって首をかしげるばかりだった。

どこをどう調べても、殺される理由がまったく見当たらないのである。

(手詰まりか)

湯飲みに残った冷めた茶を飲み干しながら、左門は胸のうちで苦々しくつぶやいた。

江戸市中で起きた凶悪事件の六、七割は、犯人が挙《あ》がらぬまま未解決に終わっている。

（ひょっとしたら、今回の事件も……）

ふっとそんな予感にとらわれながら、飲みおえた湯飲みを盆にもどして立ち上がったとき、廊下にばたばたと足音がひびき、

「すみません。ちょっと手伝ってもらえませんか」

妻の美和が入ってきた。歳は左門より四つ下の二十二歳、色が抜けるように白く、清楚《せいそ》な感じの美人である。奥の部屋で掃除でもしていたのか、姐《あね》さんかぶりに襷《たすき》がけというういでたちで、手にははたきを持っている。

「ほう、朝から勇ましい恰好《かっこう》だな」

振り向いて、左門は微笑した。

「お天気がいいので、虫干しをしようかと思いましてね」

虫干しは土用《どよう》干しともいい、梅雨《つゆ》明けのこの時季になると、武家町家にかかわらず、どこの家でも簞笥《たんす》や長持《ながもち》、葛籠《つづら》、行李《こうり》を開いて、書画骨董《こっとう》や蔵書、衣類などを陽に干したり風にさらしたりする。それが江戸の年中行事の一つになっていた。

「で、何を手伝えばよいのだ」

「納戸《なんど》の棚《たな》から、長持を下ろしていただきたいんですけど」

「よし、よし」

美和のあとについて納戸に向かった。寝間の奥にある三畳ほどの納戸には、棚が数段しつらえられ、長持や柳行李、桐《きり》の箱などがぎっしり詰まっていた。

左門は爪先《つまさき》立ちになって、一番上の棚から長持を抱え下ろした。左門と美和の冬物の衣類が入っている長持である。

「これだけでよいのか」

「ええ、あとはわたくしがやりますから、そろそろご出仕《しゅっし》のお支度《したく》を……」

「ついでにこれも陽に当てておいてもらおうか」

左門は棚の奥にあった大きな桐箱を床に下ろし、結《ゆ》い緒《お》を解いて蓋《ふた》を開けた。箱の中には父祖《ふそ》代々受け継がれてきた、由緒《ゆいしょ》ありげな武者人形や飾り鎧《よろいかぶと》兜などが入っていた。左門が子供のころ、端午《たんご》の節句を迎えると、父親がかならずこれらの品々を納戸から取り出してきて、居間に飾ってくれたものである。

飾り兜の埃《ほこり》を払いながら、感慨《かんがい》深げに見つめる左門のかたわらに、美和が静かに腰を下ろし、吐息まじりにしみじみとつぶやいた。

「今年の五月のお節句も、これを飾ることが出来ませんでしたねえ」

左門はハッとなって、美和の顔を見た。美和は悲しそうに目を伏せて、無言のまま武者人形の包み紙を開きはじめた。

――余計なことを頼んでしまった。

左門の胸にちらりと悔恨《かいこん》がよぎった。

結婚以来、左門は小宮山家の跡継ぎとなる男の子を切望《せつぼう》していた。毎年、端午の節句を迎えるたびに、「来年こそは」とひそかな期待を抱いていたのだが、四年たったいまも子宝に恵まれなかった。美和はそのことを気に病《や》んでいるのである。

「美和」

左門はそっと美和の手を取った。

「気にするな。子供は天からの授かりものだ。そのうちきっと、わたしたちにも順番が廻ってくるさ」

美和は小さく微笑《ほほえ》んで、こくりとうなずくと、気を取り直すようにいった。

「それより、あなた、もう六ツ半（午前七時）を過ぎましたよ」

「うむ」

左門はあわてる様子もなく、ゆったりと腰を上げた。

町方《まちかた》同心の出仕時刻は五ツ（午前八時）である。

八丁堀から数寄屋橋の南町奉行所までは、ゆっくり歩いても半刻（約一時間）とかからぬ距離なので、六ツ半過ぎに組屋敷を出ても十分間に合うのだ。

「では、行ってくる」

「お気をつけて」

美和に見送られて、左門は組屋敷を出た。

空は雲ひとつなく晴れ渡っている。

（やれやれ、今日も暑い一日になりそうだ）

照りつける陽差しを恨《うら》めしそうに仰《あお》ぎながら、左門はゆったりと歩き出した。

この数日の干天《かんてん》で道が乾ききり、歩を踏み出すたびに足元から白い砂埃《すなぼこり》が舞い立った。

松平越中守の中屋敷の築地塀に沿って南にしばらく行くと、京橋川の北岸に出る。そこを右に折れて紅葉川《もみじがわ》に架かる弾正橋《だんじょうばし》を渡ったとき、

「旦那《だんな》」

ふいに背後で声がした。振り向くと、岡っ引の辰三が血相《けっそう》を変えて駆《か》けつけてきた。

「辰三か。どうした？」

「また人が斬《き》られやした」

「殺しか！」

「今度はお侍《さむらい》がばっさり……」

息を荒らげながら、辰三は刀で人を斬る真似《まね》をしてみせた。

「場所はどこだ？」

「堀江町《ほりえちょう》で」

「よし」

辰三の案内で、左門は日本橋堀江町に飛んだ。

侍の死体は、すでに町《ちょう》役人たちの手で、堀江町二丁目の自身番屋《じしんばんや》に運び込まれていた。

筵《むしろ》をめくって見ると、死体は全身ずぶ濡れで、眉間《みけん》から顎《あご》にかけて、顔面が真っ二つに斬り裂《さ》かれていた。目をそむけたくなるような無惨《むざん》な死体である。

「この仏《ほとけ》は、川に浮いていたのか？」

左門が顔を上げて初老の番太郎に訊いた。

「へい。東堀留川《ひがしほりどめがわ》に浮かんでいたそうで」

東堀留川は、日本橋川の下流の小網町《こあみちょう》二丁目から北に流れ込む川幅六間（約十一メートル）の入り堀で、堀江町二丁目で堀留になっている。

番太郎の話によると、今朝六ツ（午前六時）ごろ、芥舟《あくたぶね》の船頭が和国橋《わくにばし》の橋杭《ぐい》に引っかかっていた死体を見つけたという。

左門は死体のふところを探ってみた。財布の中には二両の金子《きんす》があった。さらに死体のわきに置いてあった大小の刀を抜いて見たが、二刀とも刃こぼれ一つなく、血脂《ちあぶら》も付着していなかった。

「この刀はどこにあったんだ？」

「仏さんを引き揚げたときには、腰に差しておりやした」

「そうか」

大小の刀を床に置いて、左門は立ち上がり、ぼそりとつぶやいた。

「見たところ、公儀《こうぎ》の役人のようだが……」

「すると、この事件《やま》はご支配違いってことになりやすね」

「うむ」

左門は険《けわ》しい表情でうなずいた。

支配違いとは、犯罪が発生した場所や加害者・被害者の身分によって捜査権が分かれることをいう。町人がらみの犯罪は町奉行所、僧侶や神官が関わった事件は寺社奉行《じしゃぶぎょう》、旗本《はたもと》や御家人が関与した事件は、幕府の目付《めつけ》が捜査を担当することになっていた。

「あとは目付衆にまかせよう。仏の番を頼んだぜ」

番太郎にそういい置いて、左門と辰三は自身番屋をあとにした。

「旦那」

東堀留川の河畔《かはん》の道に出たところで、辰三が先を行く左門に声をかけた。

「あの侍の刀傷《かたなきず》、『武蔵屋』の番頭の傷口と似てるような気がいたしやすが」

「ほう」

足を止めて、左門は意外そうな顔で振り返った。

見た目は老《ふ》けた顔をしているが、辰三は左門より一つ年下の二十五である。

つい半年ほど前、左門が抱えていた弥之助《やのすけ》という老岡っ引が病死したため、弥之助の下で手下（下っ引《したっぴき》）をつとめていた辰三に手札《てふだ》を与えて、正式に岡っ引に取り立てたのである。十手《じって》持ちとしては、まだほんの駆け出しといっていい。

「おめえも目が利《き》くようになったな」

「恐れ入りやす」

辰三は照れるように笑った。

「間違いねえ。同じ下手人の仕業《しわざ》だ」

『武蔵屋』の番頭・与兵衛と同様に、あの侍も顔面を真っ二つに叩き割られていた。刀を抜く間もなく、拝《おが》み打ちに斬られたに違いない。

まさに一刀両断の凄《すさ》まじい剣である。

江戸広しといえども、あれだけの剣を遣《つか》える人物はそうざらにはいないだろう。

「仏は和国橋の橋杭に引っかかっていたといってたな」

「へい」

「念のためにその場所を見ておこう」

左門はあごをしゃくって辰三をうながした。

堀江町一丁目と二丁目の境目あたりに木橋が架かっている。

以前、この橋の東詰に和国餅《もち》を売る店があったことから、和国橋の俗称《ぞくしょう》で呼ばれるようになったが、正式な名は萬橋《よろずばし》という。

左門は橋の西詰のたもとに立って、橋の下をのぞき込んだ。

橋の北側がすぐ堀留になっているために、川の流れはほとんどなく、茶褐色《ちゃかっしょく》に濁《にご》った水がどろんと淀《よど》んでいる。

左門の目が一点に止まった。その視線の先を見て、

「血が浮いておりやすね」

辰三が眉《まゆ》をひそめていった。死体から流れ出た血で、橋杭の周囲の水面《みなも》が真《ま》っ赤《か》に染まっている。

「橋の上から落ちたんじゃねえでしょうか」

と辰三がいった。

「さあな」

左門は首をかしげながら、橋の上に歩を運んだ。あの侍が橋の上で斬られて堀に転落したとすれば、橋の欄干《らんかん》や橋板にも血痕《けっこん》が付着しているはずである。だが、どこを見廻してもそれらしい痕跡《こんせき》はまったく見当たらなかった。

「もう少し先に行ってみよう」

左門はさらに北に足を向けた。東堀留川は和国橋から北へ十間（約十八メートル）ほど行ったところで堀留になっている。

「ここだ」

左門が足を止めたのは、堀留の縁《ふち》に広がる草地だった。

足元を見下ろすと、踏みしだかれた雑草の上に、赤黒く変色した血痕が点々と散っていた。その周辺には数匹の小蠅《こばえ》が群《むら》がり、かすかに血臭もただよっている。

「あの侍はここで斬りつけられて堀に落ちたに違いねえ。血の固まり具合から見ると、殺されてから五刻（約十時間）はたってるだろうな」

「てえと、ゆんべの四ツ（午後十時）ごろってことですか」

「おそらくな。この近くで悲鳴を聞いた者や、不審な人間を見かけた者がいなかったどうか、聞き込みに歩いてもらえねえかい」

「承知しやした」

ぺこりと頭を下げて、辰三は走り去った。

二

暮七ツ半（午後五時）ごろになって西の空が急に暗くなり、大粒の雨が降りだした。

十日ぶりの雨である。

青白い閃光《せんこう》とともに雷鳴《らいめい》が轟《とどろ》き、みるみる雨脚が激しくなった。

天水桶《てんすいおけ》の水をぶちまけたような土砂《どしゃ》降《ぶ》りの雨である。

帰宅の足を止められた小宮山左門は、奉行所の同心御用部屋で朋輩《ほうばい》の田中市兵衛《たなかいちべえ》と将棋《しょうぎ》を指《さ》しながら、雨がやむのを待っていた。

朋輩といっても、田中は左門より五つ年長の三十一歳である。底抜けに人が好く、後輩の面倒見もいいのだが、どこかのんびりしたところがあり、お世辞《せじ》にも有能な廻り方とはいえなかった。

悪くいえば愚鈍《ぐどん》な男なのである。もっとも本人もそれを自認しており、

「生まれ持った性分《しょうぶん》だ。致し方あるまい」

と一向《いっこう》に意《い》に介《かい》さない。

唯一の長所は将棋が強いことである。南町奉行所一の腕といっていい。

左門は二番つづけて負けた。三番めの勝負に入ったとき、雨は小降りになり、空がほんのり明るんできた。

「おう、やんだようだな」

田中市兵衛が顔を上げて表を見た。

雨に濡れた中庭の草木の緑が、息を吹き返したように耀《かがや》きを増し、軒端《のきば》からしたたり落ちる雨垂れがきらきらと薄明《はくめい》にきらめいている。

「おかげでだいぶ涼《すず》しくなりました。まさに干天《かんてん》の慈雨《じう》ですな」

左門がいった。

「さて、そろそろ退散するか」

「田中さん、まだ勝負の途中ですが」

「勝負はもうついている。あと十手でわしの勝ちだ」

田中は手持ちの駒を盤面に投げ出して、飄然《ひょうぜん》と部屋を出て行った。

左門が将棋盤を片づけていると、入れ違いに五十がらみの小柄な同心が入ってきた。

物書《ものかき》同心の菅生久兵衛《すがおきゅうべえ》である。

「小宮山、つい先ほど、お目付から知らせが届いたぞ」

廊下に立ったまま、菅生がいった。

「今朝方の事件のことですか？」

「ああ、殺されたのはお徒士《かち》目付の組頭、早川平蔵《はやかわへいぞう》どのだそうだ」

「お徒士目付？」

「昨夜、祝いごとがあってな。配下の者たちと堀江町の料亭で酒を呑《の》んでいたそうだ。どうやらその帰りに何者かに襲われたらしい」

「そうですか」

「いまのところ下手人につながる手がかりは何もないそうだ。何かわかったら知らせてくれといっておった」

事務的な口調でそういうと、菅生は背を返してせかせかと立ち去った。

（お徒士目付の組頭か……）

左門の脳裏《のうり》に、今朝方、堀江町の自身番屋で見た侍の無惨な死に顔がよぎった。

歳は三十五、六。顔面を真っ二つに叩き割られていたので、人相はよくわからなかったが、月代《さかやき》も髭《ひげ》もきれいに剃《そ》り上げ、髷《まげ》もきちんと結っていた。

その死体を一目見て、左門は「公儀の役人かもしれぬ」と直観したが、まさにそれが的中したのである。

徒士目付組頭は、目付の支配下に属し、ふだんは城内の宿直《とのい》警備、大名登城のときの玄関の取締り、評定所《ひょうじょうしょ》や伝奏《でんそう》屋敷、牢獄などへの出役《しゅつやく》を任としているが、目付の命《めい》を受けて旗本やお目見得《めみえ》以下の幕吏《ばくり》の監察糾弾《かんさつきゅうだん》なども行なった。

身分は二百俵高御譜代で、定員は四名。配下に徒士目付二十名がいる。

（しかし、なぜ？）

帰り支度をととのえながら、左門はいぶかるように首をかしげた。

早川平蔵の死体を検分したとき、財布の中の金子は無事だった。物盗りの仕業でないことは明らかである。とすると、下手人の目的は一体何なのか。

『武蔵屋』惣右衛門殺しとどこかでつながっているのか。

考えれば考えるほど、謎《なぞ》は深まるばかりである。

奉行所を出ると、左門は帰宅の道筋とは逆の京橋方面に足を向けた。

雨に洗われた町筋には、清々《すがすが》しい涼気がただよっていた。

上空をおおっていた黒雲も、いまはもうすっかり消えて、桔梗《ききょう》色に染まった東の空には白い月が浮かんでいる。

左門が向かったのは、木挽町四丁目の真壁家の下《しも》屋敷だった。

三十間堀に架かる新《あたら》し橋《ばし》を渡り、采女ケ原《うねめがはら》の馬場の手前の道を右に曲がって半丁（約五十四メートル）ほど行ったところに、その下屋敷はあった。冠木《かぶき》門をくぐって玄関の前に立ち、

「ごめん」

と声をかけると、中廊下の奥から真壁清四郎が姿を現わした。格子縞《こうしじま》の浴衣《ゆかた》がけという、くつろいだ恰好である。賄《まかな》いのお粂婆さんは帰ったようで、屋内はひっそりと静まり返っている。

「おう、左門か」

「話がある。上がってよいか」

「遠慮にはおよばんさ」

清四郎は笑って、左門をうながした。

中廊下の突き当たりの居間には、酒肴《しゅこう》の膳部が置かれてあった。

「晩酌《ばんしゃく》をしていたのか」

「湯上がりの一杯をやっていたところだ。おぬしも呑むか？」

「ああ、馳走《ちそう》になろう」

清四郎は勝手から猪口《ちょこ》を持ってきて、膳の前にどかりと腰を下ろし、

「ひどい降りだったな」

といいつつ、猪口に酒を注《つ》いで差し出した。

「おかげで足止めを食わされちまったよ」

「いままで役所にいたのか？」

「うむ。雨がやむまで将棋を指していた」

「で、話というのは……？」

猪口を口に運びながら、清四郎は探るような目で左門を見た。

「おぬし、徒士目付組頭の早川平蔵という男を知っているか」

「名前だけは知っている。かなりの遣《や》り手だと聞いたが、それがどうかしたのか？」

「今朝方、殺された」

「え！」

清四郎は瞠目《どうもく》し、呑みかけた猪口を膳に置いた。

「いや、正確にいえば昨夜だ。何者かに顔面を真っ二つに叩き割られてな」

「顔面を？　得物《えもの》は刀か？」

「うむ。財布には二両の金子が入っていた。物盗りの仕業でないことだけは確かだ」

「とすると……？」

清四郎の目がきらりと光った。

「何もかもが似ているのだ。『武蔵屋』殺しの手口と——」

「同じ下手人の仕業だと？」

「おれはそう見ている。早川どのの差料《さしりよう》を調べてみたが、抜いた形跡はまったくなかった。つまり、刀を抜く間もなく斬られたということだ」

「そうか」

一瞬、清四郎は険しい顔で考え込んだが、ふたたび膳の上の猪口を取って、

「おぬしの目に狂いがなければ、早川平蔵と『武蔵屋』の間にかならず何かつながりがあるはずだが」

「実は……、それをおぬしに調べてもらいたいと思ってな」

「左門、もう忘れたのか」

「何のことだ？」

「立場上、おれの手を借りるわけにはいかぬと、先日、そういったではないか」

「それとこれとは話が別だ」

「どう別なんだ？」

「あのときは町方《まちかた》同心として断ったが、いまは友人として頼んでいる」

「ふふふ、うまく使い分けたな」

「清四郎」

左門の表情はあくまでも真剣である。訴えるような口調でいった。

「町方が武家の事件に手を出すわけにはいかんのだ」

「それはわかっている」

「おぬしは大目付の息子だ。出来ぬ相談ではあるまい」

「強引な論法だな」

清四郎は苦笑した。

「むろん、これは内密の頼みだが――」

「…………」

清四郎は思案《しあん》顔で猪口の酒を舐《な》めながら、ゆっくりと口を開いた。

「要は、早川平蔵と『武蔵屋』の間に何かつながりがあったのかどうか、それを調べればよいのだな？」

「ああ」

「わかった。ほかならぬおぬしの頼みだ。やってみよう」

「かたじけない」

左門は頭を下げた。

「ところで、左門。おれのほうからも一つ頼みがあるのだが」

「どんなことだ？」

「柄戸仙十郎という浪人者を探してもらいたい」

「柄戸？」

けげんそうに聞き返す左門に、清四郎は浅草馬道の居酒屋『恵比寿屋』に探りを入れに行ったことや、そこで知り合った鏑木伝兵衛なる浪人者から「柄戸仙十郎」の名を聞き出したことなどを打ち明けた。

「その浪人者は〝剣で飯を食っている〟といっていたそうだが……」

「ほう」

「それがどうも気になってな」

「なるほど、聞きようによっては物騒《ぶっそう》な話だな」

左門は眉宇《びう》を曇らせた。

「一度調べてみる価値はあるだろう」

「探し出す手がかりはあるのか？」

「江戸に出てきたばかりだそうだ。馬喰《ばくろ》町《ちょう》の旅籠《はたご》か、浅草山之宿《やまのしゅく》あたりの旅人宿を当たってみれば所在《しょざい》がつかめるかもしれん」

「よし、辰三に調べさせよう」

左門は快諾した。それから小半刻ほど酒を酌《く》み交《か》わしたあと、「帰りしなに、辰三の店に立ち寄ってみる」といい置いて、左門は辞去《じきょ》した。


辰三の店は京橋の丸太新道《まるたしんみち》にあった。間口二間ほどの小さな煮売屋《にうりや》である。屋号は『とんび』。辰三の女房・おふみが一人で店を切り盛りしている。

縄暖簾《なわのれん》を分けて店内に足を踏み入れると、奥からおふみが出てきて、

「小宮山さま、いつもお世話になっております」

と満面に愛想《あいそ》笑いを浮かべて迎え入れた。辰三より三歳年上の姐さん女房だが、色白のぽっちゃりとした小肥《こぶと》りで、実年齢より二つ三つ若く見える。

店の中には二人の客がいた。左門はその客にちらりと目をやって、

「辰三はいるかい？」

「はい。たった今、帰ってきまして、奥の部屋でご飯を食べてます」

「そうか。ちょいと邪魔するぜ」

「どうぞ、ご遠慮なく」

左門は店の奥の障子を開けて、部屋に上がった。

「あ、旦那」

夕飯を食べていた辰三が、あわてて箱膳を片づけ、左門に座布団をすすめた。

「おれにかまわず飯を食ってくれ」

「いえ、ちょうど終わったところなんで」

口をもぐもぐ動かしながら、辰三は茶をいれて差し出した。

「何かわかったか?」

「へえ。和国橋の東詰に毎晩担《かつ》ぎ屋台の蕎麦《そば》屋が出てると聞きやしてね。その蕎麦屋から話を聞いてきやしたよ」

「それで?」

「ゆんべの四ツ少し前、屋台を畳んで帰ろうとしていたら、見慣れぬ浪人者がふらりと現われて、かけ蕎麦を一杯食っていったそうで」

「見慣れぬ浪人者か」

「歳のころは三十二、三。目つきの鋭《するど》い浪人者だったそうです」

「その浪人者が最後の客だったってわけか」

「へい。ほかに変わったことは何もなかったそうで」

「すると、早川平蔵どのが殺されたのは、担ぎ蕎麦屋が帰ったあとってことになるな」

「そういうことになりやすね」

「辰三」

飲み干した湯飲みを茶盆にもどすと、左門は「清四郎から頼まれたのだが」と前置きして、馬喰町の旅籠や浅草山之宿の旅人宿に、柄戸仙十郎という名の浪人者が投宿していないかどうか調べてくれといった。

「わかりやした。さっそく明日から当たってみやす」

三

翌日の昼少し前——。

麹町の真壁家の上《かみ》屋敷の門前に、塗笠《ぬりがさ》をかぶった長身の武士がふらりと姿を現わした。

黒羽二重《くろはぶたえ》の着流しに蠟色鞘《ろいろざや》の大刀を落とし差しにした、一見浪人体《てい》の武士である。

「失礼ですが、どなたさまで？」

初老の門番がうろんな目で誰何《すいか》すると、武士は指先で塗笠のふちを押し上げて、

「義助《ぎすけ》、おれだ」

白い歯を見せてにやりと笑った。真壁清四郎である。

「せ、清四郎さま！」

しっ、と口に指を当てて、清四郎はあたりを素早く見廻した。

「おれが来たことは、家中の者には内緒にしてくれ」

「は、はい」

金縛《かなしば》りにあったように直立している門番に、清四郎は声を落としていった。

「すまんが、五兵衛《ごへえ》を呼んできてくれんか」

「かしこまりました」

義助と呼ばれた門番は、踵《きびす》を返して門内に走り去ったが、ほどなく四十年配の侍を連れてもどってきた。真壁家の足軽頭《あしがるがしら》・西尾《にしお》五兵衛である。

「清四郎さま、お久しぶりでございます」

清四郎の姿を見るなり、五兵衛は腰を低くして頭を下げた。

「元気そうだな、五兵衛」

「おかげさまで」

「昼飯は済んだのか？」

「いえ、まだでございます」

「じゃ、蕎麦でも食おう」

清四郎は先に立って歩き出した。そのあとに五兵衛がつづく。

真壁家の上屋敷から一丁ほど離れた武家地のはずれに、竹林《ちくりん》に囲まれた草庵《そうあん》ふうの古びた一軒家が建っていた。

軒端に『慶寿庵《けいじゆあん》』の屋号を染め抜いた紺の長暖簾が下がっている。

外観はいかにも鄙《ひな》びたたたずまいだが、食通の間では評判の蕎麦屋である。

二人はその店に入った。中は六坪ほどの広さで、近所の武家屋敷の中間《ちゆうげん》らしき男が四、五人黙々《もくもく》と蕎麦をすすっていた。

清四郎と五兵衛は戸口近くの席に腰を下ろし、注文を取りにきた小女《こおんな》に蒸籠《せいろ》蕎麦を二枚ずつ頼んだ。

「仕事は忙しいのか？」

運ばれてきた蒸籠蕎麦をすすりながら、清四郎が訊《き》いた。

「いえ、いまのところ手前の出番はございません」

足軽の仕事は屋敷内の警備や門番、主人が登城する際の供、奥方が外出するときの乗り物の警護などで、身分は武士に準じ、苗字帯刀《みょうじたいとう》も許されている。

真壁家は幕府の規約（軍役という）によって、二十人の足軽を抱えていた。

その二十人を束《たば》ねているのが五兵衛なのだが、実はこの男、足軽頭という貌《かお》のほかにもう一つ別の貌を持っていた。

清四郎の父、すなわち大目付・真壁周防守清隆の密偵《みってい》という貌である。

諸大名の家中で不祥事が起きたときや、不穏な動きがあったときなど、周防守の密命《みつめい》を受けて現地におもむき、内情を探ってくるのが密偵の仕事である。

「で、手前に何か？」

五兵衛が蕎麦猪口の出し汁をすすりながら、上目《うわめ》づかいに訊いた。色が浅黒く、丸顔に団子鼻、口がやや尖《とが》っていて、狸《たぬき》のように愛嬌《あいきょう》のある顔をしているが、その眼の奥には炯々《けいけい》と鋭い光が宿っている。

「おまえさんに内々《ないない》の頼みがあるのだが……」

清四郎が声をひそめていった。

「どんなことでございましょう」

「徒士目付組頭の早川平蔵という男を知っているか？」

「存じております。一昨日の晩、何者かに殺されたそうで」

「さすがだな。もう耳に入っていたか」

清四郎は感心するように微笑したが、すぐにその笑みを消して、

「実は、十日ほど前にも深川の材木問屋『武蔵屋』のあるじと番頭が、同じ太刀筋で斬り殺されたのだ。ひょっとすると、その事件と早川平蔵の件とはどこかでつながっているやもしれぬ」

「それを調べろと？」

「うむ」

五兵衛はその理由や目的を訊こうとはしなかった。

「お急ぎでございますか」

「早いに越したことはないが――」

「では、一両日中に」

「よいな、五兵衛。このことは父上にも内密だぞ」

「心得ております」

二人のやりとりはそれだけだった。二枚目の蒸籠蕎麦を手早く平《たい》らげると、清四郎と五兵衛は一言も言葉を交わさぬまま、そそくさと店を出て行った。

それから二日後の夕方、賄いのお粂婆さんが帰宅するのを見計らったように、五兵衛が調べの結果を持って木挽町の下屋敷にやって来た。

「まず事件の仔細《しさい》から……」

居間に通されるなり、五兵衛は早川平蔵殺しの顚末《てんまつ》を語りはじめた。

それによると、早川平蔵の組内の高木伸吾《たかぎしんご》という若い徒士目付に子供が出来たので、事件が起きた晩、早川が音頭《おんど》をとって堀江町の料亭に祝いの席をもうけたという。

同席したのは高木と親しい同僚五、六人で、祝宴は深夜にまでおよんだが、早川は四ツを少し過ぎたころに退座して帰宅の途《と》に就《つ》いた。

その直後に堀留付近で何者かに襲われたのである。

「場所が盛り場の近くだけに、探索に当たったお目付は、酔漢《すいかん》にでもからまれて喧嘩《けんか》刃 傷《にんじょう》沙汰《ざた》にいたったのではないかと見ているようです」

「酔漢か。ずいぶんとおざなりな検分だな」

清四郎は呆《あき》れ顔でいった。

「いずれにしても、下手人の目星はまだついておりません」

「怨みの筋はどうなんだ？」

「円満なお人柄でしたので、他人の怨みを買うようなことはいっさい……」

「『武蔵屋』との関わりはどうだ？」

「それもございません。早川さまと『武蔵屋』のあるじは一面識もなかったそうで」

「そうか」

期待をそがれたような表情で、清四郎は考え込んだ。早川平蔵と『武蔵屋』とをむすぶ線がないとすれば、二つの事件が同じ下手人の仕業だとする小宮山左門の推論は、根底から崩れることになる。

（だが……）

と清四郎は思い直した。

『武蔵屋』惣右衛門殺しも早川平蔵殺しも、動機や目的、理由がまったく不明なのである。その意味では、さらにまた一つ共通点が生じたことになる。

「問題は一体誰が、何の目的で早川どのを手にかけたのか。それがわかれば『武蔵屋』殺しの謎も解けるだろう。……五兵衛」

「はい」

「引き続き探索を進めてもらえぬか」

「承知つかまつりました。また何かわかりましたら、お知らせに上がります」

「手間を取らせて、済まんな」

「どういたしまして。では、手前はこれにて。ごめん」

一礼すると、五兵衛はひらりと背を返して、風のように去って行った。


日本橋馬喰町は江戸屈指《くっし》の旅籠街である。

一丁目から三丁目にかけて、旅籠屋や商人宿《あきんどやど》、公事宿《くじやど》などが百軒あまり蝟集《いしゅう》しており、商用や訴訟、江戸見物のために地方から出てきた者の多くがそれらの宿を利用した。

この日も朝からうだるような暑さだった。

通りにはゆらゆらと陽炎《かげろう》が立ち昇り、旅装の男女や大きな荷を背負った行商人、埃まみれの衣《ころも》をまとった行脚僧《あんぎゃそう》、荷車を率《ひ》いた車力《しゃりき》などが気《け》だるそうに行き交っている。

その雑踏《ざっとう》の中に、額《ひたい》の汗を手拭《てぬぐ》いで拭きながら、黙々と歩いている男の姿があった。

岡っ引の辰三である。

小宮山左門の命を受けてから丸三日間、辰三は浅草山之宿町に通いつづけて三十数軒の旅人宿をしらみつぶしに当たったが、「柄戸仙十郎」という名の浪人者につながる手がかりは何も得られなかった。

そこでこの日は日本橋馬喰町の旅籠を当たることにしたのである。

聞き込みをはじめてから、すでに二刻（約四時間）がたっていた。その間、辰三が訪ねた旅籠屋は十二軒を数えた。

（もう一軒当たったら昼飯にするか）

疲れた足を引きずりながら、辰三が次に訪ねたのは、馬喰町二丁目の辻角にある『上総屋《かずさや》』という二階建ての大きな旅籠屋だった。

応対に出た四十年配の番頭は、辰三の装り《な》風体《ふうてい》を見てすぐに十手者と察し、お役目ご苦労さまでございます、と慇懃《いんぎん》に頭を下げた。

「ちょいと訊きてえことがあるんだが」

「何でございましょう？」

「この旅籠に柄戸仙十郎って名の浪人者は泊まっていなかったかい？」

「柄戸さまでしたら、きのうの朝、お立ちになりましたが」

「きのうの朝！」

辰三の声が上《うわ》ずった。探索四日目にして、ついに「柄戸仙十郎」の足跡をとらえたのである。胸の高鳴りを抑えながら、辰三は急《せ》き込むように訊いた。

「江戸を出て行っちまったのか」

「いえ、深川に移るとおっしゃっておりました」

「深川？」

「くわしいことは存じませんが、手前どもの宿に逗留《とうりゅう》している間、毎晩のように深川に遊びに行っておりましたので、馴染《なじ》みの女でも出来たんじゃないでしょうか」

「なるほど、女か……」

「柄戸さまが何か？」

番頭がけげんそうな顔で訊いた。

「いや、別に——」

と言葉を濁しながら、辰三は質問を変えた。

「その柄戸って浪人者は、どんな男だった？」

「歳は三十二、三でしょうか。目つきの鋭いご浪人さんでしたよ」

「ほう」

辰三の目がきらりと光った。

早川平蔵が殺された晩、和国橋の担ぎ屋台の蕎麦屋に立ち寄って、かけ蕎麦を食っていったという浪人者も三十二、三の目つきの鋭い男だった。むろん、それだけで同一人物と決めつけるわけにはいかないが、辰三の胸の中には、

（ひょっとしたら）

という思いがあった。

「ほかに何か気づいたことはねえかい？」

「さあ、特段変わった様子はございませんでしたが……、ただ」

と番頭はちょっと考えるような表情を見せて、

「ご浪人さんにしては金ばなれのよいお方でしてね。十日分の宿代も前金できちんと払ってくださいましたし、女中たちへの心付けもはずんでくれました。手前どもにとってはよいお客さんでしたよ」

番頭が聞き出したのはそれだけだった。柄戸仙十郎の出自や過去、経歴、江戸に出てきた目的、宿に滞在中の行動などはいっさい知らないという。

「そうかい。忙しいところ邪魔したな」

『上総屋』を出ると、辰三はその足で数寄屋橋の南町奉行所に向かった。

聞き込みの結果を小宮山左門に報告するためである。

# 四

出窓に垂れ下がった青すだれが風に揺れている。

陽が落ちたばかりだというのに、部屋の中にはもう薄闇《うすやみ》が立ちこめていた。

その闇が小さく蠢《うごめ》いている。ひそやかで淫靡《いんび》な動きだった。

時折、すすり泣くような女のあえぎ声と男の荒い息づかいが洩《も》れてくる。その声を出窓から流れ込んでくる表通りのさんざめきがかき消していった。

そこは深川門前仲町《もんぜんなかちよう》の水茶屋『遊喜楼《ゆうきろう》』の二階座敷である。

艶《なま》めかしい緋緞子《ひどんす》の夜具の上で、全裸の男女が蛇《へび》のようにからみ合っていた。汗まみれの二人の裸身を、出窓から差し込むほのかな残照が妖《あや》しげに照らし出している。

「ああーッ」

ふいに女が悲鳴のような声を発してのけぞった。同時に男の動きがぴたりと止まり、女の上におおいかぶさるようにして、ぐったりと弛緩《しかん》した。

女の白い喉《のど》がひくひくと痙攣《けいれん》している。

男は肩で荒い息をつきながら、ゆっくりと体に反転させた。

水をかぶったように全身が汗で濡れている。赤銅《しやくどう》色の分厚い胸に丸太のような太い腕。右肩口から上腕にかけて七、八寸の刀傷がある。

しばらくして、男がむっくり立ち上がり、手早く衣服を身につけはじめた。

歳のころは三十二、三、目つきの鋭い凶悍《きようかん》な面貌《めんぼう》の浪人者——といえば、もう説明するまでもないだろう。辰三が探し求めていた柄戸仙十郎だった。

「もう行くんですか」

夜具の上に仰臥《ぎようが》したまま、女がうつろな表情で仙十郎を見上げた。

二十歳《はたち》前後と見える若い遊女である。色白のうりざね顔、切れ長な目に長い睫《まつ》毛《げ》、花びらのような紅《あか》い唇《くちびる》がぬれぬれと光っている。

仙十郎は無言で袴《はかま》をはき、大小を腰にたばさむと、女のかたわらに片膝《ひざ》をついた。

「——お夕《ゆう》」

「…………」

お夕と呼ばれた女は、切なげな表情で見返した。

「すぐにもどってくる。待っていてくれ」

「すぐって……？」

「早ければ十日、遅くとも半月のちにはかならず」

「………」

「甲府《こうふ》に行けば、百両の金が手に入るのだ。その金でおまえを身請《みう》けしてやる」

「あたしを落籍《ひか》してくれるというんですか」

「ああ」

お夕の顔にふっと笑みがわいた。どこか虚無《きよむ》的な笑みである。

「夢のような話ですね」

「夢ではない。わしは本気だ。信じてくれ。かならずおまえを迎えに来る」

いいながら仙十郎は右手を伸ばし、未練がましくお夕の乳房を愛撫《あいぶ》しはじめた。お夕はじっと両目を閉じて、されるがままになっている。

「ではな」

仙十郎はふところから小判を一枚取り出して枕辺《まくらべ》に置くと、振り向きもせずに部屋を出て行った。

階段を下りてゆく足音に耳をかたむけながら、お夕は枕辺に置かれた一両を手に取り、能面《のうめん》のように表情のない顔でぽつりとつぶやいた。

「当てにしないで待ってますよ、柄戸さん」


薄墨《うすずみ》色の夕闇が立ち込めている。

深川門前仲町の大通り（通称、馬場通り）は、おびただしい明かりに彩《いろど》られ、一杯機嫌の嫖客《ひょうかく》たちが群れをなして行き交っていた。

三味太鼓《しゃみたいこ》の音、女たちの嬌声《きょうせい》、酔客《すいきゃく》の下卑《げび》た哄笑《こうしょう》。——猥雑《わいざつ》な喧噪《けんそう》が渦《うず》巻《ま》く中、柄戸仙十郎は足早に馬場通りを抜けて西へ歩を向けた。

永代橋《えいたいばし》を渡り、暗い町筋をいくつか通り抜けて浜町河岸《はまちょうがし》に出たところで、仙十郎はふと足を止めて素早く四辺に目をやった。

右手に流れているのは浜町堀である。堀の両岸はほとんど武家屋敷で占《し》められており、人の往来も明かりもなく、ひっそりと静まり返っている。

用心深くあたりの気配をうかがいながら、仙十郎はふたたび歩き出した。

土屋采女正《つちやうねめのしょう》の屋敷の門前を過ぎて、堀割通りを一丁ほど北上すると、前方左手に小さな武家屋敷が五、六軒、土塀をつらねて建ち並んでいた。

いずれも二、三百石級の幕吏の小屋敷《ばくり》である。

仙十郎は、とある屋敷の土塀の角で足を止めると、ひらりと翻身《ほんしん》して路地の闇溜まりに身をひそめ、堀割通りの闇に鋭い目を据えた。

湿気をふくんだ生暖かい夜気が、武家屋敷街を包み込んでいる。

じっとしていても首筋に汗がにじむほど蒸し暑い夜だった。

時折、物悲しげな犬の遠吠《とおぼ》えが聞こえてくる。

四半刻ほどたったとき、ふいに仙十郎の目が動いた。

堀割通りの闇の奥に、ポツンと小さな明かりが浮かび立ったのである。

仙十郎は身じろぎもせずにその明かりを見つめた。

ひたひたと足音がして、明かりが次第に近づいてくる。

ほどなく闇の中から二つの影が現われた。小者《こもの》風の男が提灯《ちょうちん》を下げ、そのうしろに主人らしき恰幅《かっぷく》のよい初老の武士がついている。

二人が屋敷の門前にさしかかった瞬間、仙十郎は路地の闇溜まりからゆっくり歩を踏み出した。それを見て、小者風の男が不審げに足を止めた。

「どうした？　治平《じへい》」

背後の武士が低く声をかけた。

「い、いいえ、急に人影が現われましたので……」

小者は首をすくめながら、行く手の闇に目をやった。仙十郎の影が近づいて来る。

「通りすがりの浪人者だ。気にするな。まいろう」

武士は笑顔でうながした。

仙十郎がゆったりとした足取りで接近して来た。距離は二間ほどに縮まっている。

小者は提灯をかざしながら、ためらうような目で仙十郎を見た。

武士と武士とが道ですれ違う場合、相手の右側を通ってはならないのが、武士の作法であり、暗黙のしきたりでもあった。

互いに左を通れば刀で斬りつけることが出来ないからである。

そのしきたりに従って、初老の武士と供の小者は仙十郎の左側をすれ違おうとした。

ところが、それを阻《はば》むように仙十郎はいきなり左に歩を寄せてきた。つまり、二人の行く手に立ちはだかる恰好になったのである。供の小者が思わず足を止めて、

「き、貴公、武士の作法を存じおらんのか」

と気色《けしき》ばんだが、それを無視するように、仙十郎は背後の武士に鋭い目を向けた。

「勘定吟味役《かんじようぎんみやく》・秋元弥左衛門どのとお見受けしたが」

「いかにも」

武士は憮然《ぶぜん》とした面持《おもも》ちで仙十郎を睨《にら》み返した。

「そこもとは……?」

「名乗るほどの者ではござらぬ」

いうなり、仙十郎は刀を抜き取った。

「と、殿!」

叫びながら、供の小者が武士をかばおうとした瞬間、上段に振りかぶった仙十郎の刀が唸《うな》りを上げて、小者の顔面に叩きつけられた。

拝み打ちの一刀である。目にも止まらぬ迅《はや》さであり、勢いだった。

ガツッ。

と衝撃音がして、小者の顔面が鮮血に染まり、声も叫びもなく地面に転がった。

路上に落ちた提灯がめらめらと燃え上がった。

「お、おのれ！　狼藉者《ろうぜきもの》！」

　武士は反射的に刀の柄《つか》に手をかけたが、それより迅く、仙十郎の刀が一閃《いっせん》した。左下からの瞬息《しゅんそく》の逆袈裟である。切っ先が武士の首の血脈を斬り裂いた。

　武士は上体を大きくのけぞらせ、ズシンと地響きを立てて仰向けに倒れ込んだ。

　斬り裂かれた首の血脈からおびただしい血が噴出している。

　両目をカッと見開いたまま、武士はぴくりとも動かない。ほとんど即死だった。

　仙十郎は刀の血振《ちぶ》りをして鞘に納めると、武士の死体に冷やかな一瞥《いちべつ》をくれて、悠然《ゆうぜん》と闇の彼方《かなた》に消えて行った。


「やはり、ここにいたか」

　衝立《ついたて》越しに、男の低い声がした。振り向くと、小宮山左門がのぞき込んでいた。仕事の帰りらしく、やや疲れた顔をしている。

「左門か。ま、上がれ」

　真壁清四郎は顎をしゃくって、うながした。

三十間堀三丁目の小料理屋『千鳥』の小座敷である。店内はほぼ満席で、女将のお志津が独楽鼠《こまねずみ》のように板場と客席を行き来しながら、客の注文をさばいている。

「めずらしく混んでるな」

いいながら、左門は雪駄《せった》を脱いで小座敷に上がった。

「町内で祝い事があったようだ。代わりの酒が来るまで、これを呑んでくれ」

清四郎が呑みかけの徳利の酒を自分の猪口に注いで差し出すと、左門は喉を鳴らしてうまそうに呑み干した。

「こんな時刻まで、お役目か？」

「ああ」

呑み干した猪口を膳に置いて、左門は顔をしかめた。

「また公儀の役人が殺されたぞ」

「また？」

清四郎の眉が曇った。

「今度は勘定吟味役の秋元弥左衛門どのだ」

「秋元……？」

「知ってるか？」

いや、と清四郎はかぶりを振って、

「それはいつのことだ？」

「つい半刻（約一時間）ほど前だ。場所は浜町河岸の秋元どのの組屋敷の前、治平という小者ともども何者かに斬殺《ざんさつ》された」

「斬殺というと……、まさか」

「その、まさかだ。小者の治平は顔面を真っ二つに叩き斬られ、秋元どのは首の血脈を斬り裂かれていた。念のために懐中を検《あらた》めてみたが、財布の中の金子は無事だった。物盗りの仕業ではない」

「…………」

清四郎は絶句している。『武蔵屋』殺しと徒士目付組頭・早川平蔵殺し、そして今度の事件。いずれも得物は刀で、顔面を叩き斬るという手口も同じである。

「左門」

清四郎が険しい目で見返した。

「もはや疑う余地はあるまい。おぬしの目当てどおり、三件とも同じ下手人の仕業だ」

だが、いまのところ、その三件をむすびつける手がかりは何ひとつなかったし、犯行の動機や目的も依然として不明なのである。

清四郎は五兵衛に調べさせた結果を左門に告げ、

「念のために早川平蔵と秋元弥左衛門との関わりも調べてみる必要があるな」

「うむ」

「目付衆には知らせたのか」

「もちろん届けたさ。おれは検死に立ち会っただけだ」

「で、検分の結果は？」

「秋元どのは刀の柄に手をかけたまま死んでいた。つまり、抜き合わせる間もなく斬られたということだ」

「相当な早業だな」

「目付衆もようやくそれに気づいて、下手人の腕にあらためて驚いていた」

「そうか」

清四郎は皮肉まじりの笑みを浮かべた。

「これで連中も本腰を入れる気になっただろう」

「それは、そうと……」

左門がいいさしたとき、お志津が代わりの酒と新しい猪口を運んできた。

「すっかりお待たせしてしまって、申しわけございません」

「繁盛してるな、お志津さん」

「おかげさまで。……あちらのお客さん、もうじきお開きになると思いますので、どうぞごゆっくり」

いい置いて、お志津はせかせかと板場へ去って行った。

「まだ、何かあるのか？」

左門の猪口に酒を注ぎながら、清四郎が訊いた。

「柄戸仙十郎という浪人者の宿泊先がわかったぞ」

「どこの宿だ？」

「馬喰町二丁目の『上総屋』という旅籠屋だ」

「いまも、その旅籠屋にいるのか？」

「いや、きのうの朝、宿を出て深川に向かったそうだ」

「深川に？」

「どうやら深川に馴染みの女がいるらしい。辰三が門前仲町の水茶屋や妓楼《ぎろう》を当たっているので、早晩、見つかるだろう」

そういって、左門はさらに語を継いだ。

「その柄戸仙十郎だが、早川平蔵どのが殺された晩、和国橋の担ぎ屋台の蕎麦屋で蕎麦を食っていた浪人者と、歳恰好や面体《めんてい》がよく似ているそうだ」

「ほう」

清四郎は目を見張り、何かいいかけたが、そのまま口をつぐんでしまった。

店内が急にざわめき出し、客たちがいっせいに席を立ちはじめたのである。

「毎度ありがとうございます。お気をつけてお帰りくださいまし」

ぞろぞろと出て行く客たちに愛想《あいそ》を振りまきながら、お志津が卓の上の徳利《とっくり》や皿小鉢を手早く片づけている。店に残っているのは、清四郎と左門だけである。

まるで嵐が去ったあとのように、店の中は森閑《しんかん》と静まり返っている。

「さて、おれもそろそろ……」

左門が腰を上げた。

「もう帰るのか」

「さすがに今日は疲れた。済まんが、先に失礼する」

「無理には引き止めんが」

「また、ゆっくり呑もう」

左門が小座敷を下りると、卓の上を片づけていたお志津が振り向いて、

「あら、小宮山さま、もうお帰りでございますか」

「家内が待っているのでな」

「まあ、まあ、ご馳走《ちそう》さまですこと」

「また寄らせてもらう」

「お気をつけて」

左門を送り出すと、お志津は裳裾《もすそ》をひるがえして小座敷に歩み寄った。

「ごめんなさいね。何のお構いも出来なくて」

「気にしなくていいさ。それより、おまえも一杯どうだ？」

「では、お言葉に甘えて」

と小座敷に上がり、清四郎のかたわらにしんなりと腰を下ろして、膳の上の猪口を手に取った。先刻の客たちに酒を吞まされたのだろう。すでに目のまわりがほんのりと桜色に染まっている。

「ご返杯」

吞み干した猪口の縁《ふち》を指先で拭《ぬぐ》い、お志津はすくい上げるように清四郎を見た。黒い大きな眸《め》がうるんでいる。ぞくっとするような色っぽい目つきである。

「酒は、もういい」

いうなり、清四郎はお志津の肩を引き寄せた。

着物の上から体の火照《ほて》りが伝わってくる。

「——清四郎さま」

熱い吐息が清四郎の首すじに吹きかかった。清四郎はお志津の体をやさしく抱きかかえて畳の上に横たわらせると、顔を重ねてむさぼるように口を吸った。

「あ、ああ……」

かすかなあえぎ声を洩らしながら、お志津は狂おしげに身をくねらせている。

着物の裾がはらりとめくれて、白い脛《はぎ》が露出した。

五

日本橋石町《こくちょう》の四ツ（午後十時）の鐘の音を聞きながら、真壁清四郎は木挽町の下屋敷の冠木門をくぐった。

庭の片隅に、夜露《よつゆ》に濡れた紫陽花の花がひっそりと顔をのぞかせている。

踏み石を伝って玄関先まで来たところで、清四郎の足がはたと止まった。

居間の障子にほんのりと明かりがにじんでいる。

清四郎の顔に緊張が奔《はし》った。

屋敷を出るときに、行灯《あんどん》の灯《ひ》は消してきたはずなのだが……。

刀の柄に手をかけ、油断なく屋内の気配を探った。

寂《せき》として、物音ひとつしない。

清四郎は足音を忍ばせて玄関に歩を踏み入れた。三和土《たたき》に青い月影が差している。

清四郎の目が一点に止まった。

沓《くつ》脱ぎの上に、男物の草履《ぞうり》がきちんとそろえてある。

思い切って奥に声をかけると、すぐに嗄《しやが》れた声が返ってきた。

「誰かいるのか」

「お帰りでございますか」

その声を聞いて、清四郎はほっと表情をゆるませた。雪駄《せった》を脱いで式台に上がり、ずかずかと廊下を踏み鳴らして奥の居間に向かった。

「甚内か」

行灯のわきに小肥《こぶと》りの武士が端座《たんざ》している。上屋敷の用人《ようにん》・笹尾甚内だった。

「お留守中、勝手に上がらせていただきました。ご無礼の段、ひらにご容赦《ようしゃ》を」

両手を突いて頭を下げる甚内の前に、清四郎はどかりと腰を下ろして、

「どうしたのだ？ こんな時分に」

と、けげんそうに訊いた。

「お殿さまがお呼びでございます」

「父上が？ 何の用だ？」

「くわしいことは存じませぬが、火急《かきゅう》の用事があると……」

「しかし、甚内、もう四ツを廻っているのだぞ」

「時刻に関わりなく、お連れするように申しつかりました」

「まさか、小言を垂れるつもりではあるまいな」

甚内は応えずに、黙ってうつむいている。

「なあ、甚内」

清四郎が膝を詰めて、甚内の顔をのぞき込んだ。

「父上の容子《ようす》はどうだった？ 機嫌が悪そうだったか」

「いえ、特にそのようなご容子は――」

「そうか」

考えてみれば、こんな時刻にわざわざ息子を呼び出して説教を垂れるほど、父親は暇な人間ではなかったし、また清四郎自身も父親から叱責《しっせき》されるような不始末・不行跡《ふぎょうせき》を仕出かした覚えはまったくなかった。

よほど差し迫った用事があるに違いないと清四郎は思った。

「わかった。とにかく親父《おやじ》どのに会ってみよう」

清四郎が腰を上げた。

それから半刻後、二人は麴町谷町の上屋敷の門前に立っていた。

長屋門の大扉はすでに閉ざされていたが、門の脇の面番所の連子窓《れんじ》には、ほのかな明かりが灯《とも》っていた。

「義助、わしじゃ」

甚内が連子窓に向かって低く声をかけると、

「は、はい。ただいま」

と声がして、ほどなく潜《くぐ》り門の小扉が開き、門番の義助が二人を迎え入れた。

「お殿さまは、奥書院でお待ちでございます」

表殿舎につづく砂利《じゃり》道を歩きながら、甚内がささやくようにいった。

「親父どの、一人か」

「はい。……では、手前はここで」

一礼すると、甚内は垣根で仕切られた小径《こみち》を足早に去って行った。

清四郎は表玄関から屋敷に上がった。

大廊下にほの暗い網雪洞《あみぼんぼり》の灯がともっている。家士や奉公人たちはもう床《とこ》についたのだろう。人声も物音もなく、邸内はひっそりと寝静まっている。

大廊下の奥のほうに、淡い明かりが洩れていた。その明かりの前で足を止めると、清四郎は音もなく入側《いりがわ》に跪座《きざ》して、うやうやしく頭を下げた。

「遅くなりました」

「入りなさい」

穏やかな声が返ってきた。清四郎は神妙《しんみょう》な顔で部屋の中に膝行《しっこう》した。

燭台《しょくだい》の明かりの下で、父親の真壁周防守清隆が脇息《きょうそく》にもたれて書見している。齢《よわい》、五十四。額に深いしわがきざまれているが、頭髪は豊かで、顔の色艶《いろつや》もよく、矍鑠《かくしゃく》とした風貌《ふうぼう》をしている。

「――清四郎」

書物を静かに置いて、清隆が向き直った。

「そなた、『士学館』道場で、門弟たちに代稽古をつけているそうだな」

「は……」

「桃井春蔵どのから請《こ》われたのか」

「いえ、わたしのほうから売り込みました。多少なりとも生活《たつき》の足しになればと」

「なるほど、稽古料目当てというわけか」

清隆は苦笑したが、すぐ真顔にもどり、

「理由はどうあれ、桃井どのがそれを受け入れたのは、そなたの技量《ぎりよう》を買ってのことだろう。わしの知らぬ間にだいぶ腕を上げたようだな、清四郎」

「恐れいります」

「ところで」

清隆はゆったりと脇息にもたれた。

「そなた、人を斬ったことがあるか」

唐突な質問だった。清四郎は虚をつかれたような顔になった。

「生身の人間を斬ったことがあるかと訊いておる。正直に答えるがよい」

「…………」

一瞬、清四郎は逡巡《しゆんじゆん》した。が、意を決するように顔を上げて、

「ございます」

きっぱりと応えた。清隆は無言で清四郎を見つめ返した。咎《とが》める目ではなかった。

「しかし、殺してはおりませぬ」

「相手は?」

「浅草馬道にたむろする不逞《ふてい》浪人です。相手が先に斬りかかってきたので、やむなく手首を斬り落としました」

「そうか」

清隆がうなずいた。表情はあくまでも穏やかである。

「はあ……」

「一度人を斬れば度胸がつく。そなたには、もう恐れるものは何もあるまい」

「その度胸と腕を見込んで、内密の頼みがある」

「どのようなことでございましょう」

「わしの影御用《かげごよう》をつとめぬか」

「え?」

と清四郎は思わず瞠目《どうもく》し、

「父上の仕事を手伝えと……？」

半信半疑の面持ちで訊き返した。

真壁家の後継者である兄の清一郎を差し置いて、なぜそのような重大な任務を、部屋住みの自分に託そうとしているのか、にわかに理解出来なかった。

「手伝ってもらいたいのは、加役《かやく》のほうだ」

清隆がいった。加役とは、本務以外にもう一つの役職を兼務することをいう。

大目付の加役は道中奉行《どうちゆうぶぎよう》である。

ちなみに道中奉行は、五街道（東海道《とうかいどう》・中山道《なかせんどう》・日光街道《につこうかいどう》・甲州街道《こうしゆう》・奥州街道《おうしゆう》）の道路・橋梁普請《きようりようふしん》や一里塚の管理、助郷《すけごう》の割当、宿場の公事訴訟《くじそしよう》、街道の治安取締りなど、道中に関するすべてを管掌《かんしよう》する幕府の役職で、万治《まんじ》二年（一六五九）大目付の高木伊勢守守久《たかぎいせのかみもりひさ》が兼任したのがはじまりである。

元禄《げんろく》十一年（一六九八）には、勘定奉行の松平美濃守重良《みののかみしげよし》が道中奉行の加役となり、以降、大目付・勘定奉行兼任の二人職となった。

「そなたも知ってのとおり……」

清隆が重い口調で語りはじめた。

「六年前に我が国は未曾有《みぞう》の大飢饉《だいききん》に見舞われた」

世にいう「天保の大飢饉」である。

天保四年（一八三三）から七年（一八三六）にかけて毎年のようにつづいた飢饉は、全国的に甚大《じんだい》な被害をもたらし、各地で一揆《いっき》や打ち壊し、強訴《ごうそ》が続発した。

百姓たちは荒廃《こうはい》した土地を捨てて浮浪民（無宿者）化し、またそうした混乱に乗じて悪徳商人や無頼《ぶらい》浪人、博徒《ばくと》たちが跳梁跋扈《ちょうりょうばっこ》。押し込み、追剥《おいはぎ》、人殺し、火付けなどの凶悪事件が横行して、治安は麻《あさ》のごとく乱れた。

「これを見よ」

清隆が手文庫から一通の書状を取り出して、清四郎の前に差し出した。それは街道を巡察している道中方同心から提出された『廻国見聞書《かいこくけんぶんしょ》』だった。その書状には、

「近来、無宿悪党の形勢国々へ行き渡り、宿々在々までも溢《あふ》れ者ども多く徘徊《はいかい》し、善人を騒がし世上《せじょう》を犯すなり。殊《こと》に街道宿駅在町津々浦々《つつうらうら》までも、隠し売女《た》、飯盛女《めしもりおんな》など出来て、いやましに不埒者《ふらち》を生じ、無宿悪党を拵《こしら》え、喧嘩口論、不義密通《ふぎみつつう》のこと多く、博奕《ばくち》、三笠《みかさ》、富《とみ》などの諸勝負事流行し、夜盗《やとう》、追剝、人殺し、火付けなど出来《しゅったい》」

と記されていた。大飢饉から四年たった現在も秩序治安は回復せず、街道筋はほとんど無法状態にあったのである。

「ひどい有り様ですな」

眉をひそめて、清四郎は深くため息をついた。

「もはや道中奉行だけでは手に負えぬ。つい数日前も、甲州街道を巡察していた香月兵庫《かつきひようご》が上野原宿《うえのはらじゆく》で何者かに殺害された」

痛ましげな面持ちで、清隆がいった。香月兵庫は、清隆がもっとも信頼していた敏腕《びんわん》の道中方同心で、清四郎とも面識があった。

「惜《お》しい男を亡《な》くした」

清隆の顔には怒りと無念さがありありとにじみ出ている。

「しかし、なぜ香月どのが？」

「それを探るのが、影御用の一つだ。そしてもう一つは……」

一拍の間のあと、清隆は射抜くような目で清四郎を見据えた。

「下手人を突き止めて、始末すること」

「斬れ、とおおせられるので」

「無法者に法を説《と》いてもはじまるまい。相手はけ、だ、も、の、だ。牙《きば》には牙、爪《つめ》には爪をもって制する。それがそなたの仕事だ」

「わたしにも、けだものになれと……？」

「そうだ。人の心、徳目《とくもく》、情理を捨てて、街道の爪牙《そうが》になってくれ」

「…………」

「どうだ？　やってくれるか」

「お引き受けいたしましょう」

清四郎はあっさりと、しかし決然たる表情で応えた。

# 第三章　甲州路《こうしゅうじ》

一

深川門前仲町の馬場通りは、昼間も人の往来が絶えることはなかった。

多くは富岡八幡宮《とみおかはちまんぐう》への参拝人や物見遊山《ものみゆさん》の人々、買い物客などだが、中には昼間から酒臭い息を吐き、千鳥足《ちどりあし》で歩いている遊冶郎《ゆうやろう》もいた。

あいかわらず灼熱《しゃくねつ》の陽差《ひざ》しが降り注いでいる。雑踏《ざっとう》の人いきれと路面の照り返しで、通りには蒸し風呂のような暑熱が立ち込めていた。

「暑い、暑い」

と口の中でブツブツとつぶやきながら、小宮山左門は馬場通りの人混みをかき分けるようにして歩いていた。その前を岡《おか》っ引《ぴき》の辰三が飄々《ひょうひょう》と歩いている。

一ノ鳥居をくぐり、門前山本町《もんぜんやまもとちょう》の路地角にさしかかったところで、辰三が足をゆるめて背後を振り返った。

「あの店です」

指差した先に、桟瓦葺《さんがわらぶ》き二階建てのひときわ大きな水茶屋があった。正面の唐破風《からはふ》屋根にかかげられた木彫《きぼ》り看板を見て、左門が低くつぶやいた。

「『遊喜楼』か」

「あっしらにはトンと縁のねえ店ですよ」

「よほど金まわりがよかったようだな、柄戸って浪人者は」

「ほとんど毎晩のように入り浸《びた》っていたそうです。しかも、敵娼《あいかた》は『遊喜楼』一の売れっ妓《こ》だそうで」

「よし、表から入ったら人目に立つ。裏に廻ろう」

「へえ」

二人は手前の小路を左に曲がり、『遊喜楼』の裏手の細い路地に足を踏み入れた。

陽当たりの悪い、薄暗い路地である。表通りの賑わいが嘘《うそ》のように、行き交《か》う人影もなく、あたりはひっそりとしている。

「あっしが呼んできやす」

左門を路地の角に待たせて、辰三は『遊喜楼』の裏口から中へ入って行ったが、ほどなく若い女を連れてもどってきた。『遊喜楼』の遊女・お夕である。

「南の御番所《ごばんしょ》の小宮山さまだ」

辰三がそういって、お夕を左門に引き合わせると、お夕はやや警戒するような目で左門を見ながら軽く頭を下げた。

「お夕と申します」

「おめえさんの客に、柄戸仙十郎って浪人者がいたそうだな」

「ええ」

「その浪人者の居所はわからねえかい？」

「もう、江戸にはいませんよ」

そっけない答えが返ってきた。

「江戸を出て、どこへ行くといっていた？」

「甲府へ行くといってました」

「甲府へ？　それはいつのことだ？」

「一昨日《おととい》の晩です」

一昨日といえば、秋元弥左衛門が殺害された日である。

「でも」

と、お夕が言葉を継いだ。

「またすぐにもどってくるそうです。遅くとも半月ののちには……」

「甲府に何か用事でもあったのか」

「くわしいことは知りませんが、甲府へ行けば百両のお金が手に入るとか。……そのお金であたしを身請《みう》けしてくれるといってましたよ」

「百両――」

左門は瞠目《どうもく》した。三十俵二人扶持《ぶち》の薄禄の身には想像もつかぬ大金である。

「その金の出所について、何かいってなかったか」

「いいえ、何も。……こちらから訊《き》こうともしませんでしたけどね」

「それも妙な話だな」

左門は探るような目でお夕を見た。

「五両や十両の金ならいざ知らず　百両もの大金となるとただごとじゃねえ。おめえさん、その話に不審は持たなかったのかい？」

「身請け話なんて、色んなお客からうんざりするほど聞かされましたからね。それをいちいち真《ま》に受けるほど、あたしは初心《うぶ》じゃありませんよ」

お夕は皮肉に笑ってみせた。

(若いのにしたたかな女だ)

と内心苦々しく思いながら左門は質問をつづけた。

「ほかに何か気づいたことはねえかい？」

「別に……。あたしが知っているのはそれだけです。これから髪結いに行かなければならないので、失礼させてもらいます」

一礼すると、お夕は体をひねって小走りに裏口に駆《か》け込んでいった。

「江戸を出ちまったか」

落胆の面持《おもも》ちで、左門は踵《きびす》を返した。辰三がそのあとにつきながら、

「けど、半月後にはまた江戸にもどってくると……」

「それも当てにならねえ話だ」

「じゃ、百両の金が手に入るって話も嘘っぱちですかい？」

「さあな」

足を止めて、左門が振り返った。

「おれはいったん役所にもどるが、おめえはどうする？」

「ほかに御用がなければ、あっしも家に帰りやす」

「うむ」

うなずくと、左門はふたたび歩き出し、背を向けたまま辰三にいった。

「たまには女房孝行でもしてやるんだな」


京橋の南詰で辰三と別れたあと、左門は南町奉行所に足を向けた。

時刻は八ツ（午後二時）を少し過ぎたころである。

陽差しは先刻よりさらに強まっている。暑いというより、ひりひりと痛みを感じるほど強烈な照りつけである。

左門は濠端《ほりばた》の木陰を拾《ひろ》いながら、歩度《ほど》を速めた。

数寄屋橋御門の前まで来たところで、ふいに背後に砂利《じやり》を踏みしめる音がして、

「左門」

野太い声に呼び止められた。振り返って見ると、塗笠《ぬりがさ》をまぶかにかぶり、黒の羽二重《はぶたえ》に薄鼠《うすねず》色の野袴《のばかま》、黒の手甲《てつこう》、革《かわ》の草鞋《わらじ》ばきという、厳重な身ごしらえの長

身の武士が大股《おおまた》で歩み寄ってきた。真壁清四郎である。

「清四郎か。どうしたのだ？　その恰好は」

左門がいぶかる目で見返すと、清四郎は塗笠の下から素早くあたりを見廻し、

「話がある。そのへんで茶でも飲まんか」

と小声でいい、顎《あご》をしゃくって左門をうながした。

二人が向かったのは、元数寄屋町《もとすきやまち》一丁目と二丁目の辻角にある小さな茶店だった。

店先の床几《しょうぎ》に腰を下ろして、注文を取りにきた小女に白玉水《しらたますい》を頼むと、

「しばらく江戸を離れるつもりだ」

清四郎がぼそりといった。塗笠はかぶったままである。

「旅に出るのか」

「うむ」

「まさか、物見遊山ではあるまいな」

「おれにそんな余裕《ゆとり》があると思うか」

塗笠の下から尖《とが》った声が返ってきた。左門が何かいいかけたとき、小女が白玉水を運んできた。純白の瀬戸物の器《うつわ》に冷水を張って白玉をいくつか浮かべ、その

上から白糖をたっぷりかけた、見るからに涼《すず》しげな食べ物である。

「ここだけの話だがな」

竹の匙《さじ》で白玉をすくいながら、清四郎は父・清隆から依頼された件を手短かに話した。

「ほう、お父上の影御用《かげごよう》を……」

意外そうに見返す左門に、

「このことは、おぬしにしか打ち明けておらぬ。断じて他言は無用だぞ」

「念にはおよばぬ。……で、行き先は？」

「甲州・上野原宿だ」

「甲州か。偶然だな」

「偶然？」

「柄戸仙十郎も江戸を出て甲府に向かったそうだ」

「まことか、それは？」

「柄戸の馴染《なじ》みの女から聞いた話だ。間違いあるまい」

そういって左門は、お夕から聞き出した話を巨細《こさいも》洩れなく語り、

「柄戸は、秋元弥左衛門どのが殺された晩に江戸を立っている。しかも甲府に行

けば百両の金が手に入ると女にいい残していったそうだ」

「百両！」

「ひょっとしたら、その金は殺しの報酬かもしれんぞ」

「なるほど」

塗笠の下の清四郎の目がきらりと光った。

『武蔵屋』惣右衛門殺しと早川平蔵殺し、そして秋元弥左衛門殺しの三件が、すべて柄戸仙十郎の請け負い仕事だとすると、百両の報酬は決して驚くべき金額ではない。

「おれの推量《すいりょう》に間違いがなければ、三件の殺しを依頼した人物が甲府にいるはずだ」

左門がいった。

「そういうことになるな。……よし」

力強くうなずくと、清四郎は食べおえた白玉水の器を床几に置いて腰を上げた。

「親父どのの仕事が片づいたら、甲府まで足を延《の》ばしてみよう」

「やってくれるか」

「おぬしが手がけた事件《やま》だ。このまま闇《やみ》に葬《ほうむ》るわけにはいくまい」

「ふふふ、持つべきものは友だな。いつになく、おぬしが頼もしく見える」

左門が笑っていった。それを聞き流すように、清四郎は床几の上に白玉水の代金を置くと、塗笠の縁《ふち》をぐっと引き下げて背を返した。

「じゃ、おれはここで」

「道中、くれぐれも気をつけてな」

「ああ」

ちらりと手を振って、清四郎は足早に去って行った。


江戸日本橋を起点とする五街道の一つとして甲州街道が整備されたのは、関ケ原《せきがはら》の戦から二年後の慶長《けいちょう》七年（一六〇二）といわれている。

同十五年（一六一〇）ごろには信濃《しなの》の下諏訪宿《しもすわじゅく》で中山道《なかせんどう》とつながり、総延長五十三里二町余（約二百八・五キロ）、宿駅四十四を数えたが、元禄《げんろく》十二年（一六九九）に内藤新宿《ないとうしんじゅく》が設けられて四十五宿となった。

真壁清四郎が内藤新宿に着いたのは、暮七ツ（午後四時）ごろだった。

西の空はまだ明るく、宿場通りには人が溢《あふ》れ、江戸の盛り場と変わらぬ賑わい

を見せていた。日本橋からわずか二里（約八キロ）、甲州街道最初の宿場町・内藤新宿は、

〈新吉原《しんよしわら》同様にて大造之事《たいぞう》、当時江戸四駅第一の繁盛地なり〉

と史書に記されているように、明和《めいわ》九年（一七七二）に百五十人の飯盛女《めしもりおんな》（宿場女郎）が許され、江戸屈指《くっし》の遊里として殷賑《いんしん》をきわめていた。

街道の両側には平旅籠《ひらはたご》や飯盛旅籠がずらりと軒《のき》をつらね、客引きたちが甲高《かんだか》い声を張り上げて行き交《か》う旅人の袖《そで》を引いている。

「お武家さま、お泊まりですか」

「うちにはいい妓《こ》がおりやすよ」

「お安くしておきやすぜ」

群《むら》がる客引きたちを払いのけるようにして、清四郎は足早に宿場通りを抜けた。

柄戸仙十郎も、一昨日の夜はこの宿場に泊まったに違いない。そして、きのうの朝内藤新宿を立ったとすれば、清四郎との時間差はおよそ一日半ということになる。その一日半の距離を少しでも縮めることが出来れば、

——どこかで柄戸に追いつけるやもしれぬ。

そう思って、清四郎は旅を急いだのである。

内藤新宿から高井戸宿《たかいどじゆく》、布田五ケ宿《ふだごか》と旅を重ね、府中宿《ふちゆう》に着いたのは夜中の四ツ（午後十時）ごろだった。

多摩川《たまがわ》の北岸台地の南端に位置する府中宿は、古代律令《りつりよう》制時代に武蔵国《むさしのくに》の国府が置かれたところから、その地名がついたという。

江戸からの距離は七里二十六町（約三十キロ）。家数四百三十軒、本陣《ほんじん》一、脇《わき》本陣二、旅籠屋二十九軒、人口二千七百六十二人の大きな宿場町である。

清四郎は宿場の西はずれに小さな旅籠屋を見つけ、その宿に旅装を解いた。

二

翌朝七ツ（午前四時）に府中の旅籠を出た清四郎は、甲州街道を一路西進し、日野宿《ひのじゆく》、八王子《はちおうじ》宿、駒木野《こまぎの》宿をへて、昼九ツ半（午後一時）ごろ、小仏峠《こぼとけとうげ》を越えた。

峠を越えると、そこはもう相模国《さがみのくに》である。

空は雲ひとつなく晴れ渡り、灼熱《しやくねつ》の陽差しがぎらぎらと照りつけている。

清四郎は喉《のど》の渇《かわ》きを覚え、足を止めて四辺《しへん》を見渡した。

街道の左右には緑の田畑が広がり、あちこちに雑木林や森が散在している。

右手の窪地《くぼち》に小川が流れていた。

清四郎は窪地に下りて、川の水を両手ですくってみた。湧《わ》き水のように冷たく、澄んだ水だった。手早く塗笠をはずし、小川の流れに顔をつけて水を飲んだ。

冷水が五臓六腑《ごぞうろっぷ》にしみわたり、体の火照《ほて》りが急速に引いてゆく。

喉の渇きがいやされたとたん、どっと疲れが出た。

考えてみれば、朝七ツに府中宿から出てから、小仏峠の麓《ふもと》の茶屋で昼食をとるまで、一時《いっとき》も休まず歩きつづけてきたのである。疲れるのも無理はなかった。

ふうっ。

と大きく吐息をついて、清四郎は窪地の草むらに仰臥《ぎょうが》した。

と、そのとき……、
どこからともなく、男の低いうめき声が聞こえてきた。

（………！）

清四郎は反射的に上体を起こし、刀の柄《つか》に手をやって周囲を見廻した。

うめき声は背後の雑木林の中から流れてくる。

塗笠をかぶって立ち上がり、ゆっくり雑木林の中へ足を踏み入れた。

——う、うう、うう……。

すぐ近くでうめき声が聞こえた。

清四郎はそっと首を伸ばして灌木《かんぼく》の陰をのぞき込んだ。

生い茂った雑草の中に、若い男が背を丸めてうずくまっていた。弊衣《へいい》蓬髪《ほうはつ》、垢《あか》まみれの手甲脚絆《きやはん》、腰に長脇差《ながどす》を差している。一見して無宿者《むしゅくもの》とわかる風体《ふうてい》である。

清四郎の目が一点に吸い寄せられた。男の左肩にべっとりと血がにじんでいる。

「どうした?」

清四郎が声をかけると、男はびくっと振り向いて、長脇差の柄に右手をかけた。

歳は二十二、三だろうか。顔は真っ黒に日焼けし、不精髭《ぶしようひげ》が伸びているが、よく見ると眉目《びもく》のととのった端整《たんせい》な顔だちをしている。

「安心しろ。怪しい者ではない」

「…………」

男は怯《おび》えるような目で見返し、じりじりと後ずさった。

「ひどい怪我《けが》だ。手当てしてやろう」

清四郎は塗笠をはずして、男の前に片膝《ひざ》をついた。清四郎の素顔を見て安心したのか、男の顔から警戒心が消えていった。

「さ、片肌を脱げ」

いわれるまま、男は着物の片肌を脱いだ。

左肩に五、六寸の切り傷《きず》があり、肉の裂《さ》け目からだらだらと血が流れ出ている。

手拭《てぬぐ》いで傷口の血を拭《ふ》いて見ると、思いのほか傷は浅かった。

清四郎は腰の印籠《いんろう》をはずして、中から膏薬《こうやく》を取り出した。蛤《はまぐり》の貝殻に詰めた血止めの膏薬である。それを傷口に塗布《とふ》し、手拭いを裂《さ》いて男の肩に巻きつけた。

「半刻（約一時間）もすれば血が止まるだろう」

「ありがとうございやす」

男は深々と頭を下げた。すっかり警戒の色が消えて、穏やかな表情をしている。

「おまえさんの名は？」

「佐太郎《さたろう》と申しやす」

「おれの名は真壁清四郎。……よかったら、事情《わけ》を話してくれぬか」

「へえ」

佐太郎と名乗った男は、ためらうように目を伏せたが、ややあって、

「この先の小原宿《おばらじゆく》の繁蔵《しげぞう》一家の賭場《とば》で、ちょいと手なぐさみをしてきたんですがね。それが災《わざわ》いのもとでござんした」

淡々とした口調で語りはじめた。

「賭場でいざこざでもあったのか」

「いえ……」

と佐太郎はかぶりを振り、

「たまたま馬鹿づきしやしてね。持ち金の百文があっという間に大枚《たいまい》三両に大化けしちまったんで」

「ほう」

清四郎は目を丸くした。三両は銭に換算すると一万二千文である。

「元手の百文が百二十倍に増えたというわけか」

「ところが……」

佐太郎の顔がふっと曇った。

「賭場を出たところで、繁蔵一家の若い者が三人ばかり、あっしのあとを追ってきやしてね。やれ勝ち逃げだ、やれいかさまだといいがかりをつけてきやがったんです」

「なるほど、それで喧嘩《けんか》になったか」

「あっしは何も悪いことはしておりやせん。汚ねえのはやつらです」

「儲《もう》けた金はどうした？　その連中に取られたのか」

「いえ、取られる前に、一人を叩《たた》っ斬《き》って逃げてきやした」

「ここから小原宿までは、どれほどある？」

「二十町（約二キロ）ほどだと思いやす」

「とすると、まだあきらめてはおらんだろう」

「へ？」

佐太郎はけげんそうな顔で清四郎を見た。

「追手だ」

「まさか、ここまでは……」

と佐太郎がいいさした瞬間、清四郎の目が鋭《するど》く動いた。

雑木林の奥に人の気配がしたのである。佐太郎の顔が強張《こわば》った。

がさがさと灌木が揺れる音がして、樹間に四、五人の影がよぎった。

「おまえはここに伏せていろ」

小声で佐太郎にそういうと、清四郎はゆったりと立ち上がった。

「誰かいるぜ！」

胴間声《どうまごえ》とともに、雑木林の奥から五人の男が飛び出してきた。

いずれも濃紺の半纏《はんてん》をまとい、黒襟《くろえり》の広袖に三尺帯、腰に長脇差を差した、一目でそれとわかるやくざ風の男たち――小原宿の貸元《かしもと》・繁蔵一家の身内である。

先頭に立った頭分《かしらぶん》らしき大柄な男が、うろんな目で清四郎の姿を見て、

「ご浪人さん、そんなところで何をしてるんで？」

「一服つけていたところだ」

「このへんで、若い渡世人《とせいにん》を見かけやせんでしたか」

「いや、誰も――」

「そうですかい。おくつろぎのところ邪魔をしちまって」

ぺこりと頭を下げて、男が踵《きびす》を返そうとしたとき、子分の一人が、

「兄貴！」

素《す》っ頓狂《とんきょう》な声を発して、足元の草むらを指差した。踏みしだかれた草の上に点々と血痕《けっこん》が付着している。その血痕は清四郎が立っている場所までつづいていた。

「ご浪人さん、嘘をいっちゃいけやせんぜ」

頭分の男が剣呑《けんのん》な目で清四郎を睨《にら》みつけた。

「何のことだ」

「とぼけるねえ！」

男が獰猛《どうもう》に吠《ほ》えた。

「そのへんに隠れてるかもしれねえ。手分けして探すんだ！」

「へいッ」

子分たちが歩を踏み出そうとすると、清四郎が両手を広げてその前に立ちはだかった。

「ここから先は一歩も通さぬ」

「て、てめえ、邪魔立てする気か！」

「怪我人を見殺しにするわけにはいかんからな」

「ええい、面倒だ。やっちめえ！」

子分たちがいっせいに長脇差を引き抜いて、猛然と斬りかかってきた。

しゃっ！

清四郎の刀が鞘《さや》走った。抜きざまに一人の長脇差を峰《みね》ではね上げ、返す刀でもう一人の脇腹を、これも刀の峰でしたたかに打ち据えた。

打たれた男は血へどを吐きながら、体をくの字に折って草むらに倒れ伏した。

清四郎はすぐさま体をひねって、右からの斬撃《ざんげき》に備えた。

「野郎ッ」

頭分の男が長脇差を水平に構えて突進してきた。横に跳んでそれをかわすと、たたらを踏んで突《つ》んのめる男の背中に、袈裟《けさ》がけの一刀を浴《あ》びせた。

「げッ」

と奇声を発して男はのけぞり、血飛沫《ちしぶき》を散らして前のめりに倒れ込んだ。

頭分が斬られたのを見て、三人の子分たちは度を失った。峰打ちを食らって草むらに倒れていた男もあわてて立ち上がり、

「ち、畜生《ちくしよう》、覚えてやがれ！」

捨て台詞《ぜりふ》を残して、一目散《いちもくさん》に奔馳《ほんち》した。それを横目に見ながら、清四郎は刀の血振《ちぶ》りをして納刀すると、首をめぐらして背後を見た。

灌木の陰から、佐太郎が顔を突き出して不安そうに見ている。

「やつら、助っ人を連れてもどってくるかもしれぬ。早々にここを離れたほうがいいだろう。……歩けるか」

「へえ」

うなずいて、佐太郎は三度笠をかぶり、よろよろと立ち上がった。

「――ところで、佐太郎」

甲州街道を西をさして歩きながら、清四郎が佐太郎に問いかけた。

「どこへ行くつもりだったのだ？」

「甲州の上野原へ行こうかと」

「上野原？」

「あっしの幼《おさな》なじみが上野原に住んでおりやして。そいつを訪ねてみようと思っておりやす」

「幼なじみというと、おまえも上野原の出か？」

「いえ、あっしの郷里《くに》は上州《じょうしゅう》の安中《あんなか》でござんす。幼なじみってのも、もともとは上州の出なんで」

「見たところ、根っからの渡世人じゃなさそうだが」

「この渡世に入ってまだ五年しかたっておりやせん。ほんの駆け出しでござんす」

「それ以前は堅気《かたぎ》だったのか」

「ま、いろいろとありやしてね」

言葉を濁《にご》し、佐太郎は黙ってしまった。世間に背を向けて生きている渡世人は、おのれの過去について多くを語りたがらないものである。訊いてもどうせ本当のことはしゃべるまいと、清四郎はそれ以上訊こうとはしなかった。

「真壁さまは、どちらへ？」

しばらくして、佐太郎が訊き返した。

「野暮用《やぼよう》があってな。おれも上野原へ行くところだ」

「じゃ、途中までご一緒に」

「途中まで？」

「関野《せきの》の宿《しゅく》でちょいと寄り道をしやすんで」

「そうか。……怪我の具合はどうだ？」

「おかげさまで。だいぶ痛みは取れやした」

「追手が来るやもしれぬ。急ごう」

「へい」

二人は無言のまま、足を速めた。

与瀬宿《よせじゅく》、吉野宿《よしの》をへて関野宿に着いたのは、昼八ツ半（午後三時）ごろだった。

関野宿は相州《そうしゅう》最後の宿場町である。

宿場通りを抜けて、西の棒鼻《ぼうばな》（傍示杭《ぼうじくい》）に出たところで、佐太郎がふと足を止めた。

「真壁さま、あっしはここで失礼いたしやす」

「追手に気をつけてな」

「へい。真壁さまもお達者《たっしゃ》で」

「縁があったら、また会おう」

「このご恩は一生忘れやせん。じゃ、ごめんなすって」

三度笠の縁を引いて丁重に頭を下げると、佐太郎はひらりと身をひるがえして、街道脇の野道へ走り去って行った。その姿が森の中に消えるのを見届けると、清四郎は踵をめぐらしてふたたび歩き出した。

そこから五丁ほど西へ行ったところに川が流れていた。境川《さかいがわ》である。その名のとおり、この川が相模国と甲斐国《かいのくに》の境界になっている。

五、六人の男たちが川原で投網《とあみ》を打っていた。鮎《あゆ》が獲《と》れるらしく、橋のたもとに、よしず掛けの床店《とこみせ》が出ていて、鮎を焼く香ばしい匂いがただよっている。

清四郎はその床店に立ち寄り、鮎の塩焼き二匹と一合の冷や酒で腹を満たして、ふたたび旅をつづけた。

三

境川に架かる木橋を渡り、しばらく行くと、前方に小高い山が見えた。

そこから街道は急な登り坂になる。この急坂を土地の人々は「乙女坂《おとめざか》」と呼んでいた。

坂を登り切ると、甲州上野原宿の枝郷《えだごう》・諏訪《すわ》村に出る。

あれに見えるは諏訪の関

夜泣き桜におぼろ月
女子《おなご》きびしいこの関に
だれがつけたか乙女坂

と俗謡《ぞくよう》に歌われているように、諏訪村の入口には口留番所《くちどめ》が設けられていた。口留番所とは、簡易な関所のことで、おもに物資の移出を監視する番所である。

諏訪の口留番所は、一名境川番所ともいい、村役人がその任を委託されていた。

番所の前に差しかかったとき、

(そうか)

清四郎は、はたとそのことに気づいた。

旅人が関所や口留番所を通過するには、旅行許可証と身分証明書を兼ねた往来手形(道中切手《きって》ともいう)が必要なのだが、人別《にんべつ》(戸籍)から抹消された無宿者に、往来手形は発行されなかった。

佐太郎が関野宿で姿を消した理由はそれだったのである。

(関破りを働くつもりか)

清四郎の胸に一抹《いちまつ》の不安がよぎった。

関破りとは、関所や口留番所を通らずに、抜け道を使ってひそかに他国へ侵入することをいう。見つかれば極刑に処されるのだが、もとより佐太郎はそれを覚悟で関破りを働くつもりなのだろう。

佐太郎の無事を念じながら、清四郎は口留番所に足を向けた。

正面に黒塗りの厳《いか》めしい冠木《かぶき》門が立ちはだかり、門の左右には竹矢来《たけやらい》が張りめぐらしてある。右奥に丸太組の番所、左手には「夜泣き桜」の名を持つ桜の古木が立っている。

門の前に二人の関番が立っていた。これも諏訪村から徴発された村人である。

「真壁清四郎と申す」

清四郎が名を告げると、二人の関番は丁重に頭を下げて道を開けた。武士の場合、刀以外に武器を所持していなければ、名前を告げるだけで関所や口留番所を通ることが出来たのである。浪人者も例外ではなかった。

「つかぬことを訊くが」

清四郎は関番の一人に声をかけた。

「柄戸仙十郎という浪人者は通らなかったか」

「柄戸さま?……ああ、きのうの暮七ツごろ、お通りになりましたが」

「きのうの七ツか」

内藤新宿に着いたとき、清四郎と柄戸の距離は一日半だった。それがこの時点で半日ほど縮まったのである。

清四郎はさらに歩度を速めて旅をつづけた。


諏訪の関を過ぎると、甲州街道は甲斐の都留郡《つるごおり》に入る。

甲斐国は都留、八代《やつしろ》、山梨《やまなし》、巨摩《こま》の四郡に分かれており、都留郡を「郡内《ぐんない》」、八代・山梨・巨摩の三郡を「国中《くになか》」といった。

天保十二年（一八四一）四月、甲府へ旅をした絵師の歌川広重《うたがわひろしげ》は、その道中記に、

「（諏訪の関から）此道《このみち》よりさき、家ごとに機織《はた》るなり」

と記し、都留郡には機織り農家が多くあったと述べている。いわゆる「郡内《ぐんない》織《おり》」と呼ばれる絹織物で、笹子峠《ささごとうげ》にいたる道中沿いの村々で盛んに織られていた。

街道近くの藁葺《わらぶ》き屋根の農家から、のどかな機織りの音が聞こえてくる。

清四郎は歩をゆるめて、周囲の景色を見渡した。

暮れなずむ空の彼方《かなた》に重畳《ちょうじょう》とつらなる山並みが見えた。

南東に見えるのは霊峰《れいほう》・富士山《ふじのやま》である。北西に八ケ岳《やつがだけ》、西に国内二番目の標高を誇る北岳《きただけ》（三千百九十二メートル）、そして北東には金峰山《きんぷさん》（二千五百九十五メートル）、甲武信ケ岳《こぶしがたけ》など、二千メートル級の峻険《しゅんけん》な山々が峰をつらねている。

ほどなく前方に家並みが見えた。甲斐に入って最初の宿場・上野原宿である。

江戸からの距離、十八里二十七町（約七十四キロ）。

人口、七百八十四人。

本陣一、脇本陣二、旅籠屋二十軒。

ほかに民家や商家、飲食を商う店などが百数十軒、街道の両側に建ち並んでいる。

上野原宿は、平安末期から鎌倉初頭にかけて、武蔵七党の横山《よこやま》氏から出た古《ふる》郡《ごおり》氏の支配下にあったが、戦国時代には武田《たけだ》氏の国境防衛の最前線に位置づけられていた。

江戸時代になると、武蔵・相模両国に接するこの地は、郡内織の絹・紬《つむぎ》などの集荷と江戸への搬出の便宜《べんぎ》から、流通の中心地として繁栄した。

毎月一・六の日に開かれる六斎市《ろくさいいち》には、郡内織の買い付けのために江戸や武蔵、相模、駿河《するが》、信濃《しなの》などから多くの商人が集まり、町中が活気にわいた。

「お武家さま、宿をお探しですか」

ふいに声をかけられて、清四郎は足を止めた。

井の字絣《がすり》の前垂れをかけた若い留女《とめおんな》が手招きしている。

「風呂はわいているか」

「はい。いまなら空《す》いております」

「よし。世話になろう」

「どうぞ、こちらへ」

留女に案内されたのは、『駿河屋』という小さな旅籠屋だった。

二階の部屋に通された清四郎は、すぐさま旅装を解いて浴衣《ゆかた》に着替え、階下の風呂場に向かった。時刻が早いせいだろう。留女がいったとおり風呂場には誰もいなかった。

ゆっくり湯を浴《あ》びて部屋にもどると、畳の上にごろりと横になった。

（さて、これからどうするか……？）

道中方同心・香月兵庫が上野原で殺されたのが六日前だが、清四郎が江戸を立つときには、まだ事件の仔細《しさい》は届いていなかった。香月兵庫が宿場のどこで、どんな状況で殺されたのか。まずそれを調べなければならない。

あれこれと思案《しあん》をめぐらしているうちに、清四郎は浅い眠りに落ちていった。

一刻（約二時間）ほど眠っただろうか。

目を開けると、部屋の中には薄《うっす》らと夕闇がただよっていた。

ふわっ。

と生あくびをして起き上がり、手早く衣服を身につけた。野袴《のばかま》はつけず、黒羽二重の着流しのまま、大小を腰にたばさんで部屋を出た。

「お出かけでございますか」

階段を下りたところで、番頭に声をかけられた。

「ああ、そのへんを散策してくる」

「夕食はいかがなさいます？」

「外で済ませてくる」

「さようでございますか。お気をつけて、行ってらっしゃいまし」

番頭に見送られて表に出た。

西の山の端《は》にはまだ夕明かりがにじんでいたが、宿場通りの家並みには早くもちらほらと灯《ひ》がともり、浴衣がけの男女や宿を求める旅人たちがぞろぞろと行き交っていた。

『駿河屋』から半丁（約五十四メートル）ほど西へ行ったところで、清四郎は右手の路地に足を踏み入れた。軒の低い小家がつらなる細い路地である。

奥の闇溜まりに、ぽつんと提灯《ちょうちん》の明かりがにじんでいる。

清四郎はその明かりの前で足を止めた。

提灯に『ふくや』の屋号が記されている。小さな煮売屋だった。

縄暖簾《なわのれん》越しに店の中をのぞき込むと、客の姿はなく、額《ひたい》の禿《は》げ上がった初老の亭主が所在《しょざい》なげに煙管《きせる》をくゆらしていた。清四郎はふらりと店に入った。

「いらっしゃいまし」

「冷や酒を二本もらおうか」

「かしこまりました」

煙管の火をポンと灰吹きに落として、亭主は奥の板場に去った。

壁の羽目板に品書きの木札がずらりとぶら下がっている。清四郎の目がその一つに止まった。『名代《めいだい》・鮎の甘露煮《かんろに》』とある。

「この近くで鮎が獲れるのか」

「はい。桂川《かつらがわ》の鮎は有名でございますよ」

「桂川？」

「宿場の南に流れている川でございます」

「そうか。では、それを一つもらおう」

「ありがとう存じます」

満面に笑みを浮かべて、亭主が冷や酒二本と鮎の甘露煮を運んできた。

「ところで、亭主」

冷や酒を手酌でやりながら、清四郎が訊いた。

「六日ばかり前に、この宿場で道中奉行の役人が殺されたそうだが……」

「はあ」

唐突な質問に、亭主は戸惑うような顔でうなずいた。

「どこで殺されたのだ？」

「よくは存じませんが、死体を見つけたのは問屋場《といやば》の伝馬人足《てんまにんそく》だそうです」

「その死体はどうなった？」

「問屋場のお役人が東雲寺《とううんじ》に運んで、荼毘《だび》に付《ふ》したとか」

「東雲寺？」

「諏訪村の西はずれにある古い寺です」

そこまで聞けば十分だった。というより、それ以上訊いても得るものはなさそうなので清四郎はさり気《げ》なく話題を変え、たわいのない四方山《よもやま》話《ばなし》をしながら、冷や酒二本を呑み干して煮売屋を出た。

『駿河屋』の前まで来たところで、清四郎はふいに足を止め、反射的に近くの物陰に身をひそめた。三人の男が土間に仁王立《におうだ》ちして、番頭と何事かやり合っている。

「宿改《やどあらた》めだ」

だみ声を発したのは、肩の肉の盛り上がった四十がらみの猪首《いくび》の男だった。背中を向けているので顔はわからなかったが、腰に十手《じって》を差しているところを見ると、どうやらこの宿場を仕切っている目明《めあか》しらしい。

男の左右に立っているのは、子分であろう。丸に『勘』の字の代紋を染め抜いた半纏《はんてん》をまとっている。

「お改めの筋と申しますのは？」

番頭が上がり框《かまち》に両膝を突いて、畏懼《いく》するように男を見上げている。

「背の高い浪人者と若い渡世人の二人連れは泊まってねえかい？」

「いいえ」

「今夜の泊まり客は何人だ」

「七人でございます」

「様子の怪しい者はいねえだろうな」

「みなさん、身元の確かなお方ばかりでございます」

「そうかい。それらしい二人連れを見かけたら、すぐ番屋に知らせるんだぜ」

「かしこまりました」

「おい、次だ」

猪首の男は二人の子分をうながして傲然《ごうぜん》と出て行った。近くの物陰でその様子を見ていた清四郎は、三人が立ち去るのを見届けて素早く中に入った。

「あ、お帰りなさいまし」

番頭が振り向いた。

「いまの連中は……？」

「勘兵衛《かんべえ》一家のお貸元と身内衆でございます」

「宿改め、といっていたが」

「はい。勘兵衛親分は谷村《やむら》のご陣屋《じんや》から十手捕縄《とりなわ》を預かっておりまして」

谷村陣屋とは、郡内（都留郡）の天領（幕府領）を支配する石和《いさわ》代官所の出張《でばり》陣屋で、代官から任命された室田外記《むろたげき》なる手附《てつけ》元締めが、年貢《ねんぐ》徴収・治安取締りなど、民政全般の実権をにぎっていた。

「博徒の親分が二足の草鞋《わらじ》をはいているというわけか」

清四郎は苦笑した。

「泣く子となんとかには勝てませんからねえ」

番頭も苦笑いを浮かべながら、首をすくめた。勘兵衛が探している「二人連れ」のひとりが、清四郎だとは思いも寄らぬのだろう。疑う気《け》ぶりも見せなかった。

「つかぬことを訊くが」

何食わぬ顔で、清四郎が再び訊《たず》ねた。

「勘兵衛一家と小原宿の繁蔵一家とは何かつながりがあるのか？」

「小原の繁蔵親分は、勘兵衛親分の実の弟でございます」

「なるほど」

それで合点《がてん》がいった。小仏峠の麓《ふもと》で繁蔵一家の子分を斬ったことが、もう兄の勘兵衛の耳に入っていたのである。

「明朝、ご出立になられるので？」

番頭が訊いた。

「ああ、五ツ（午前八時）ごろ、立とうと思っている」

「では、六ツ半に朝食を運ばせましょう」

「頼む」

といって、清四郎は帳場の奥の階段に足を向けた。

二階の部屋に入ると、行灯《あんどん》に灯がともされていて、部屋のすみに夜具が敷きのべられていた。手早く着物を脱いで浴衣に着替え、夜具の上に体を横たえると、清四郎はすぐに寝息を立てて眠りに落ちていった。

四

翌朝五ツ半（午前九時）に『駿河屋』を出た清四郎は、人通りもまばらな宿場通りを足早に抜けて、諏訪村に向かった。昨日通った道を東にもどったのである。

晴れ渡った空に、真綿のような雲が一つぽっかりと浮いている。

風もなく、蒸し暑い朝だった。

上野原宿の東の棒鼻から十町（約一キロ）ほど東に行くと、街道の左手にこんもり繁《しげ》る森が見え、その森に向かって細い野道がつづいていた。

路傍《ろぼう》の草むらに『東雲寺』ときざまれた石の道標《みちしるべ》が立っている。塗笠の下から、ちらりとそれを確認すると、清四郎は森に向かって大股に歩を進めた。

野道は森の中で、石畳の参道に変わった。

密生した木立の葉陰から、耳を聾《ろう》さんばかりに蟬時雨《せみしぐれ》が降ってくる。

青みどろに苔《こけ》むして、いまにもひしげそうな山門をくぐると、正面に本堂が見えた。

茅葺《かやぶ》き屋根の古色蒼然《こしょくそうぜん》たる寺である。

本堂の右に、これもあばら家同然の小さな僧房《そうぼう》が建っていた。その前庭で五十過ぎと見える初老の僧が無心に草むしりをしている。

「御坊」

と声をかけると、僧は驚くふうもなく、ゆったりと首をめぐらして清四郎を見た。

「少々、訊ねたいことがあるのだが……」

「あなたさまは？」

庭にかがみ込んだまま、僧が誰何《すいか》した。

「道中奉行・真壁周防守清隆の息子・清四郎と申す」

役儀上の訪問であることを示すために、清四郎はあえて本名を名乗り身分を明かした。

僧は思わず立ち上がって威儀《いぎ》を正し、

「失礼いたしました。当寺の住職・円覚《えんかく》にございます」

深々と頭を下げた。小柄でやさしげな老僧である。妻帯もせずに一人で暮らしているのか、屋内には人の気配がまったく感じられなかった。

清四郎は婉曲《えんきょく》ない廻しを避けて、ずばり本題に切り込んだ。

「父の配下の者が上野原宿で何者かに殺され、この寺で荼毘に付されたと聞いたが」

「はい。愚僧がそのお方の亡骸《なきがら》を荼毘に付して、ねんごろに弔《とむら》いました」

円覚が淀《よど》みなく応えた。

「そのときの様子をくわしく話してもらえぬか」

「立ち話も何でございますから、どうぞ、あちらにお掛けくださいまし」

小腰をかがめて、清四郎を僧房の縁先にうながすと、茶をいれてまいりますといって円覚は奥に去った。

生い茂る木々の葉が陽差しをさえぎり、濡れ縁に涼しげな影を落としている。ぼんやり庭を眺めていると、ほどなく円覚が茶盆を持ってもどってきた。

「さっそくだが」

茶をひとすすりして、清四郎が口を開いた。

「死体はどんな様子だった？」

「背中から左胸を一突きにされておりました。刀のような長い刃物で刺された傷ではないかと……」

「身につけていた物は？」

「大小のお差料だけで、財布などは見当たりませんでした。問屋場のお役人は追《おい》剝《はぎ》の仕業《しわざ》ではないかと申しておりましたが」

「殺された場所は？」

矢継《やつ》ぎ早《ばや》に清四郎が訊いた。

「新田《あらた》の津出場《つだしば》の近くと聞きましたが」

新田の津出場とは、桂川北岸にある川船の発着場のことである。

円覚の話によると、新田の津出場は舟運《しゅううん》・物流の拠点として、桂川流域の村々から伐《き》り出した木材を筏流《いかだなが》しにしたり、薪炭《しんたん》や笹板《ささいた》（小さな板）、木耳《きくらげ》、椎《しい》茸《たけ》などの林産物を高瀬船《たかせぶね》で十三里（約五十二キロ）下流の須賀浦《すがうら》（現・神奈川県平塚市）まで川下げしているという。

「実は……」

急に眉《まゆ》をひそめて、円覚が言葉を継いだ。

「その事件が起きる四日ほど前にも、桂川の川辺で人が殺されましてね」

「四日前にも……」

清四郎の顔が険《けわ》しく曇った。

「誰が殺されたのだ？」

「甲府勤番《きんばん》のお役人で、名は確か中根数馬《なかねかずま》さまだったと。……そのお方の亡骸も愚僧が荼毘に付しました」

「甲府勤番の役人か」

清四郎は腕組みをして沈思した。

「お役に立てたかどうか存じませぬが」

清四郎の湯飲みに急須の茶を注ぎ足しながら、円覚は申しわけなさそうな顔で
「愚僧が知っているのは、それだけでございます」といった。

結局、ここでも香月兵庫を殺した下手人につながる手がかりは得られなかった。

だが、香月が殺された場所がわかったことと、その四日前にも桂川の川辺で甲府勤番の役人が何者かに殺されたことがわかっただけでも十分収穫はあった。

清四郎は丁重に礼をいって、東雲寺をあとにした。


それからおよそ半刻（約一時間）後——。

清四郎は上野原宿の南に流れる桂川の河畔の道を歩いていた。

降り注ぐ陽差しを反射《はね》て、桂川の川面《かわも》がきらきらと輝いている。

川底が透けて見えるほど、清冽《せいれつ》な流れである。

川原に生い茂った真菰《まこも》や蘆荻《ろてき》が、川風を受けて波打つように揺れている。

清四郎は足を止めて、四辺に視線をめぐらした。

川の浅瀬で土地の漁師らしい頬《ほお》かぶりの男が、鮎の網打ち漁をしていた。ほか

に人影はなく、朝の静寂《しじま》がひっそりと岸辺を包み込んでいる。聞こえてくるのは、川の瀬音と水鳥の鳴き声だけである。

「ちと物を訊ねるが」

「へえ」

網打ちの手を止めて漁師が振り返った。真っ黒に日焼けした四十七、八の男である。

「このあたりで侍《さむらい》が二人殺されたそうだが――」

「ああ、もっと上流のほうですよ」

「物盗りの仕業だと聞いたが、このへんは追剝がよく出るのか」

「さあて」

と漁師は小首をかしげた。

「あっしはここで三十年も漁をしておりやすが、追剝が出たなんて話は一度も聞いたことがありやせん。それにこのあたりは日が暮れると人っ子ひとり通りやせんからね。追剝だって商売にならねえでしょうよ」

「なるほど、それも道理だな」

清四郎は苦笑した。物を盗《と》るのが目的なら、こんな人気《ひとけ》のない場所より、街道筋や宿場はずれで旅人のふところをねらうだろう。香月兵庫の懐中から財布が消えていたのは、追剝の仕業と見せかけるための偽装工作に違いない。

「ご浪人さん、殺されたお侍さんと何かご縁でもあるんですかい？」

漁師がいぶかるような目で清四郎を見返した。

「いや、別に……」

「だったら、余計な詮索《せんさく》はしねえほうがいいですぜ」

「どういう意味だ？　それは」

「触らぬ神に祟《たた》りなしってね」

突き放すようにそういうと、漁師は手にした投網をバッと川面に投げ打ち、それっきり黙りこくってしまった。明らかに清四郎との関わりを避けている態度である。

「邪魔したな」

漁師の背中にいい捨てて、清四郎は足早にその場を立ち去った。

（触らぬ神に祟りなし、か）

その一言が事件の根の深さを暗示している。

どうやら、この宿場には得体《えたい》の知れぬ魔物が棲《す》んでいるようだ。

清四郎の胸の中に、黒い霧《きり》のようなものが、茫漠《ぼうばく》と立ち込めはじめていた。

と……、

急に前方が騒がしくなった。

清四郎は塗笠の縁を押し上げて、上流の川岸に目をやった。

石垣で築かれた船着場が見えた。栈橋に二隻の高瀬船が係留されている。

船着場の前の広場には、井桁《いげた》積みの木材や俵《たわら》詰めの荷、荒菰《あらごも》包みなどが山積みにされ、印半纏《しるし》にふんどし姿の十数人の人足たちが、威勢のよい掛け声を発しながら、高瀬船に船荷を積み込んでいた。

(あれが新田の津出場か)

清四郎は船着場に向かってゆっくり歩を進めた。

「ほう」

栈橋に係留されている二隻の高瀬船を見て、清四郎は感嘆《かんたん》するように吐息をついた。

遠目に見たときはさほどではなかったが、こうして間近に見ると圧倒されるほど巨大な船だった。全長十五尋《ひろ》(約二十二メートル)、幅一丈三尺(約四メートル)、積載量四百石。川船としてはまれに見る大型船である。

船上には菱形《ひしがた》に『相』の字を染め抜いた船印《ふなじるし》がはためいていた。

荷積みをしている人足たちの半纏の背中にも同じ紋が染め抜かれている。

清四郎は広場のほうに視線を転じた。

二階建て土蔵造りのどっしりした構えの家が、周囲を睥睨《へいげい》するように建っている。

間口は七、八間。紺の大暖簾に『相模屋』の屋号が読める。川船の回漕《かいそう》問屋だった。

建物の左右には、なまこ壁の船蔵が三棟建ち並んでいる。

「ご浪人さん」

ふいに、背後でだみ声がした。振り返ると、黒の印半纏に縞《しま》の小袖を着流しにした、三十がらみの陰険な目つきの男が立っていた。

「何か御用ですかい」

「いや、なに……」

清四郎はとぼけ顔であたりを見廻し、

「このへんに鮎を食わせる店はないかと思ってな。探していたところだ」

「見たとおり、ここは津出場ですからね。鮎を食わせる店なんかありませんよ」

男はせせら笑いを浮かべたが、清四郎はそれを無視するように船着場を見た。

「それにしても、大そうな繁盛ぶりだな」

「失礼ですが」

男の顔から笑みが消えた。疑わしそうな目で清四郎を睨《ね》め廻している。

「ご浪人さんはどちらから？」

「信州の高遠《たかとお》だ」

「遊山旅ですかい？」

「いや、仕官の口を探すために江戸へ向かうところだ」

「ここは旅のご浪人さんが足を踏み入れるような場所じゃございません。仕事の邪魔になりますので、早々にお引き取りを……」

口調はあくまでも慇懃《いんぎん》だが、声には威圧するような響きがあった。

「おれがいては目障《めざわ》りか」

皮肉たっぷりにそういうと、清四郎は悠然と背を返して立ち去った。

# 五

その日の夕刻。

回漕問屋『相模屋』の奥座敷で、四人の男たちが酒膳を囲んでいた。

一人は四十半《なか》ば過ぎの恰幅《かっぷく》のよい男──『相模屋』のあるじ・仁左衛門《にざえもん》である。

もう一人の猪首の男は、博徒の親分で十手持ちの勘兵衛だった。その隣に座っている、やや小柄な男は勘兵衛の実の弟、小原宿の貸元・繁蔵である。

さらにもう一人、床の間を背にして、黙然《もくねん》と酒杯をかたむけている四十年配の武士がいた。眉が濃く、楔《くさび》のように顎の尖った、見るからに狷介《けんかい》そうな面差《おもざ》しのその武士は、谷村陣屋の手附元締め・室田外記《むろたげき》であった。

酒席の末座には、陰険な目つきの男が座っている。先刻、船着場で清四郎と言い合っていた『相模屋』の人足頭・留次郎《とめじろう》である。

「まさか、その浪人者、公儀《こうぎ》の探索方では……」

仁左衛門が不安そうな目で、上座の室田をちらりと見やった。

「油断はならんぞ」

険しい表情で室田がいった。

「先日の例があるからな。疑ってかかるに越したことはあるまい」

「ひょっとすると、そいつは……」

横合いから、小原の繁蔵が口をはさんだ。

「あっしの子分を斬った浪人者かもしれやせんぜ」

「背の高い男だったそうですね」

仁左衛門が念を押すように訊いた。

「へえ。若い渡世人と一緒だったと聞きやしたが、留次郎さんが見たという浪人者は一人だったんですかい？」

「ええ、連れはいませんでしたよ。その浪人も六尺近い長身でした」

留次郎が応えた。

「とすると……、連れの渡世人とは諏訪の口留番所で別れて、一人で上野原に入ったのかもしれやせんね」

「まず、同じ男と見て間違いなかろう。……勘兵衛」

手酌で酒杯に酒を注ぎながら、室田がゆっくり首をめぐらした。

「まだ宿場にいるやもしれぬ。早めに手を打っておいたほうがよいぞ」

「へえ。そのつもりで、小原から舎弟《しゃてい》を呼び寄せやしたんで」

勘兵衛はにやりと笑い、大きな鼻をひくつかせながら、

「あっしの身内十五人、舎弟の身内八人、総勢二十三人で宿場の旅籠をしらみつぶしに当たれば、早晩見つかるでしょうよ」

と自信ありげにいった。

「お手数をおかけしますが、よろしくお願いしますよ、親分さん」

仁左衛門が酒を注ごうとすると、勘兵衛は手を振ってそれを制し、

「さっそく手配りをしなきゃならねえんで、あっしらはこれで失礼いたしやす」

と繁蔵をうながして席を立った。

「ところで、『相模屋』」

呑み干した酒杯を膳に置いて、室田がおもむろに向き直った。

「わしに何か急ぎの用向きでもあるのか？」

「はい」

仁左衛門は深刻そうな顔で室田の席ににじり寄り、

「甲府のほうで、また動きがあったようでございます」

「また……、と申すと？」

「つい先ほど、荒木《あらき》さまから早飛脚《はやびきやく》が届きまして。昨夕、松崎《まつざき》派の勤番士《きんばんし》が一人、極秘に甲府を立ったそうでございます」

「ほう」

　室田の目が針《はり》のように鋭く光った。

「そやつの行き先はわからんのか」

「おそらく、江戸ではないかと」

「江戸か」

「ご公儀に密訴《みつそ》するつもりではないでしょうか」

　うーむ、と低くうめきを洩らしながら、

「松崎掃聞《かもん》も執念深い男よのう」

　口をゆがめて憎々しげにつぶやく室田へ、仁左衛門がすがるような目でいった。

「室田さまのお力添えをいただいて、その侍の江戸行きを食い止めてはもらえないかと……、それが荒木さまからのご内意でございます」

「ぜひもない」

と室田はうなずいた。

「至急、手段《てだて》を講じよう」

「ありがとう存じます。些少《さしょう》ではございますが」

仁左衛門はかたわらの手文庫から、ずっしりと重量感のある袱紗《ふくさ》包みを取り出して、室田の膝前に置いた。中身が金子であることはいうを俟《ま》たない。

室田はさも当然のごとく、それをわしづかみにして無造作《むぞうさ》にふところにねじ込むと、軽く一揖《いちゆう》して腰を上げた。


真壁清四郎が上野原宿の旅籠屋『駿河屋』を再び訪れたのは、日がとっぷり暮れて、宿場通りにちらほらと明かりがともりはじめたころだった。

「田所さま、お発《た》ちではなかったのですか」

帳場から出てきた番頭がびっくりしたような顔で見た。「田所」とは清四郎が宿帳に記した偽名である。

「桂川の川辺をぶらついているうちに、すっかり日が暮れてしまってな。もう一晩厄介《やっかい》になりたいのだが、ゆうべの部屋は空いているか」

「ええ、空いてますとも。夕飯はいかがなさいますか」

「外で済ませてきた」

「さようでございますか。お風呂がわいておりますので、よろしかったらどうぞ」

「うむ」

宿代を前金で払い、清四郎は階段を上って昨夜の部屋に入った。

ひどく疲れていた。

旅装も解かず、崩れるように畳の上に大の字になった。

この日、清四郎は新田の津出場の回漕問屋『相模屋』が、中根数馬殺しと香月兵庫殺しの二つの事件に何らかの関わりがあるのではないかと見て、宿場の周辺の村々や立場《たてば》（人馬継立所《つぎたてしょ》）を歩き廻り、畑仕事をしている百姓や荷駄《にだ》運びの馬子、行きずりの行商人、門付《かどづ》けの托鉢僧《たくはつそう》などにそれとなく探りを入れてみたのである。

だが、収穫は何もなかった。

誰もが口をそろえて「知らぬ存ぜぬ」の一点張りだった。

体の疲れ以上に徒労感が深かった。日盛りの炎天下を汗にまみれて歩き廻ったせいか、肌が黒ずんでかさかさに乾いている。

「ひとっ風呂、浴びてくるか」

と重い体を引き起こして、旅装を解こうとしたとき、ふいに表が騒然となった。

清四郎は反射的に窓際に歩み寄り、障子窓を細めに開けて通りを見下ろした。

「どけ、どけ！」

提灯をかざした男たちが、往来の旅人を突き飛ばすようにして走り廻っている。

「そっちはどうだった？」

「だめだ。それらしい浪人者は見当たらねえ」

「よし、次を当たってみようぜ」

大声を張り上げながら、男たちは次々と旅籠屋に飛び込んでゆく。

勘兵衛一家と小原の繁蔵一家の身内たちだった。

「おい、部屋を改めさせてもらうぜ」

階下で男のがなり声がした。『駿河屋』にも探索の手が入ったようだ。

清四郎は身をひるがえして廊下に飛び出した。

だだだっ、と階段に足音が響いた。

清四郎は廊下の奥に向かって走った。突き当たりに低い窓があった。障子を引き開けると、そこは屋根だった。清四郎はひらりと屋根に身を躍《おど》らせた。

ほぼ同時に、二人の男が階段を駆け上がってきた。まさに間一髪《かんいっぱつ》の差だった。

二人の男は開け放たれた廊下の窓には気づかず、清四郎の部屋の障子をがらりと引き開けた。

「誰もいねえぞ！」

「隣の部屋だ！」

次々に障子を引き開けていったが、ほかの部屋にも泊まり客の姿はなかった。

この夜、二階の部屋に泊まっていたのは、清四郎だけだったのである。

二人の男は舌打ちして階段を下りて行った。

窓の外の暗がりに身をひそめて、それを見送った清四郎は、ふところからおもむろに何かを取り出した。宿にもどる途中、宿場はずれの荒物屋で買ってきた新しい革の草鞋である。思わぬところでそれが役に立った。

一階の土間に脱ぎっぱなしにしてきた草鞋を取りに行く余裕はない。

新しい草鞋をはいて、しっかり紐《ひも》を結ぶと、清四郎は両手を翼《つばさ》のように広げて隣の旅籠屋の屋根に跳び移った。

# 第四章　再会

## 一

『駿河屋』の屋根から隣の旅籠《はたご》屋の屋根に跳び移った真壁清四郎は、さらに隣接する別の旅籠屋の屋根へと走った。猫のように敏捷《びんしょう》で忍びやかな身のこなしである。

旅籠屋の屋根といっても、どれもが同じ高さでつらなっているわけではなかった。場所によっては四、五尺の高低差もあったし、路地で途切れているところもあった。

それを難なく跳び越えながら、清四郎は屋根伝《づた》いに西へ走った。

眼下《がんか》の宿場通りでは、勘兵衛一家と繁蔵一家の身内たちが、

「まだ見つからねえのか！」

「隈《くま》なく探すんだ！」

と大声を張り上げながら走り廻っている。

辻角の自身番屋《じしんばんや》の前には晃々《こうこう》と篝火《かがりび》が焚《た》かれ、勘兵衛と繁蔵、問屋場の役人たちが床几《しょうぎ》に腰を下ろして、往来の旅人たちに鋭《するど》い目を配っていた。

清四郎は低く身をかがめ、音もなく屋根の上を走った。

しばらく行くと、前方にぽっかりと闇《やみ》の空間が広がった。

広場に出たのである。屋根が途切れたところに火の見櫓《やぐら》が建っていた。櫓の周囲は闇に包まれ、人影もなく、ひっそりとしている。

清四郎は屋根の端から火の見櫓の梯子《はしご》に跳び移った。梯子を伝って地上に下りようとしたそのとき、

「待ちな！」

突然、野太い声が飛んできた。一瞬、清四郎の顔が凍《こお》りついた。

路地の暗がりに足音が響いた。

櫓の梯子にへばりついたまま、清四郎は身を固くして路地を見下ろした。

足音は火の見櫓の真下で止まった。

提灯《ちょうちん》をかざした男が三人、闇の中に立っている。勘兵衛一家の身内だった。

三人の前には、三度笠をかぶった渡世人《とせいにん》が戸惑うように立ちすくんでいる。

男たちが呼び止めたのは、その渡世人だったのだ。

清四郎の顔にほっと安堵《あんど》の色が浮かんだ。

「どこへ行くんだい？　旅人さん」

男の一人が渡世人に問いかけた。

「鶴川《つるかわ》に行くつもりでござんす」

渡世人は低く応えた。その声を聞いたとたん、

（佐太郎……！）

清四郎は思わず声を上げそうになった。

——まさか。

と思いつつ、闇に目を凝《こ》らして渡世人を見た。ぼろぼろの三度笠に薄汚れた衣服、垢《あか》まみれの手甲脚絆《てっこうきゃはん》をつけたその渡世人は、まぎれもなく佐太郎だった。

「すまねえが、笠をはずしてもらえねえかい」

別の男がいった。

「何のご詮議《せんぎ》ですかい？」

三度笠の内から、佐太郎の不服そうな声が返ってきた。

「ここは勘兵衛一家の縄張内《しまうち》なんだぜ。挨拶《あいさつ》もなしに素通りってのは、渡世の仁《じん》義《ぎ》にはずれるんじゃねえのかい」

「失礼いたしやした」

不承不承《ふしょうぶしょう》三度笠をはずし、佐太郎は小腰をかがめて型通りの仁義を切った。

「手前、上州無宿の佐太郎と申しやす。万端《ばんたん》よろしくお引き廻しのほどを……」

「ちょっと、待て」

男が提灯の明かりを近づけ、佐太郎の顔をまじまじと見た。

「おめえ、佐吉《さきち》じゃねえのか」

「え？」

「間違いねえ、こいつは佐吉だぜ！」

「い、いえ、あっしは」

「ちょいと番屋まで来てもらおうか」

男が佐吉の腕を取ろうとすると、佐吉はやおらその手を払いのけて身をひるがえし、脱兎《だっと》のごとく闇の奥に走り去った。

「あッ、待ちやがれ！」

三人の男が猛然と追う。それを見て、清四郎は火の見櫓からひらりと身を躍《おど》らせ、着地と同時にすかさず男たちのあとを追った。

入り組んだ路地を走り抜けると、行く手に広大な闇が広がった。

蒼白《あおじろ》い月明かりが、その闇を照らし出している。見渡すかぎりの桑畑《くわ》だった。

清四郎は足を止めて闇を透かし見た。

前方の桑の木ががさがさと揺れ、人影が入り乱れている。

キーン！

鋼《はがね》が咬《か》み合う音がして、闇に火花が散った。

「野郎！」

「悪あがきするんじゃねえや！」

三人の男たちが怒声《どせい》を張り上げながら、佐太郎に斬りかかっている。

蒼い闇に白刃《はくじん》がきらめき、千々《ちぢ》に断ち切られた桑の枝葉が宙に舞った。

必死に応戦していた佐太郎が、ふいに、

「あっ！」

と小さな叫びを上げて上体を泳がせた。桑の木の根に足を取られたのだ。

ドサッと横ざまに倒れ込んだ佐太郎に、男の一人が長脇差《ながどす》を叩きつけようとした瞬間、桑の木の茂みから矢のように飛び出してきた人影があった。清四郎である。

「な、なんだ、てめえは！」

度肝《どぎも》を抜かれて立ちすくむ男へ、

しゃっ。

清四郎の抜き打ちの一刀が浴《あ》びせられた。

脇腹を横一文字に斬《き》り裂《さ》かれた男は、声もなく草むらに倒れ伏した。

「てめえ！」

二人の男が同時に斬りかかってきた。横に跳んで一人の長脇差をはね上げると、すぐさま剣尖《けんせん》を返して、もう一人を袈裟《けさ》がけに斬り捨てた。

「ぎゃッ」

断末魔《だんまつま》の悲鳴を上げて、男は下草の上に転がった。首から噴き出した血が周囲の桑の葉を真《ま》っ赤《か》に染めている。

「畜生《ちくしょう》！」

怒声とともに、闇に銀光が奔《はし》った。

残る一人が清四郎目がけて長脇差を投げつけたのである。清四郎はうしろに跳んで、それをかわした。足元にぐさっと長脇差が突き刺さった。

男は印半纏《しるしばんてん》をひるがえして、一目散《いちもくさん》に逃げ出した。恐ろしく逃げ足の速い男である。

清四郎は追うのをあきらめて背後を振り返った。

佐太郎が放心したように立っている。

「また会ったな、佐太郎」

納刀しながら、清四郎がいった。佐太郎は気まずそうにうつむき、

「真壁さまには二度も助けていただきやして、お礼の言葉もございやせん」

「それより、肩の怪我《けが》はどうだ？」

「おかげさまで、傷口《きず》はすっかりふさがりやした」

「追手が来ぬうちに、行こう」

佐太郎をうながすと、清四郎は桑の木の茂みを縫《ぬ》うようにして足早に歩き出した。

上野原宿から一里（約四キロメートル）ほど離れた雑木林の中に、朽《く》ちた水車

小屋が建っていた。

長い間使われていないらしく、水車の外輪はほとんど腐れ落ち、かろうじて軸《じく》だけが残っていた。川も流れていなかった。おそらく山崩れか落石のために、川の流れが変わってしまったのだろう。

「ここにするか」

闇の奥から低い声がして、水車小屋の前に二つの影が浮かび立った。

清四郎と佐太郎である。

二人は板戸を引き開けて中に入った。

板壁から水車の太い回転軸が突き出ている。杵《きね》や臼《うす》は取り払われていて、土間には壊れた農具が雑然と転がっていた。ほかには何もなかった。

土間の奥に四畳ほどの板敷きがあり、藁《わら》が積んであった。

二人は板敷きに上がり、折り崩れるように藁の山に体を横たえた。一里の距離をほとんど休まずに走りつづけてきたために、二人とも口を利《き》くのも億劫《おっくう》なほど疲れていた。

フッフォ、ホウ、フッフォ、ホウ……。

どこかで仏法僧《ぶっぽうそう》が鳴いている。それ以外に物音ひとつ聞こえない。

不気味なほどの静寂が水車小屋を包み込んでいる。

「――佐太郎」

腕枕をしながら、清四郎がおもむろに口を開いた。

「そろそろ、本当のことを話してもらおうか」

「…………」

佐太郎はためらうように視線を泳がせた。羽目板の隙間から差し込む月明かりが、その横顔に深い陰影をきざんでいる。

「おまえの本名は佐吉。……そうだな？」

「へえ」

「上州安中の出だといったが、それも嘘《うそ》だな」

切り込むように清四郎がいった。

「真壁さま」

佐太郎はやおら体を起こして、板敷きに両手を突いた。

「申しわけございやせん。おっしゃるとおり、あっしの本名は佐吉でございます」

「…………」

「五年ほど前まで、あっしは『相模屋』に奉公しておりやした」

「『相模屋』？ ……というと、新田の津出場の回漕《かいそう》問屋か」

「へい」

『相模屋』は元禄四年（一六九一）、相州藤沢《ふじさわ》の商人・幸兵衛《こうべえ》が創業した回漕問屋である。当初は平田舟《ひらたぶね》（底が平たく、喫水《きっすい》の浅い舟）二隻を所有するごく小規模の回漕問屋だったが、その後、二代目・幸次郎《こうじろう》が新田の津出場を拡張して大型船を導入、三代目・幸右衛門《こうえもん》の時代には、高瀬船五隻を所有するほどの大船主になっていた。

「あっしは、その幸右衛門さまの下で働いておりやした」

佐吉がいった。

上野原の在の貧しい百姓の四男として生まれた佐吉は、十二のときに『相模屋』に丁稚《でっち》奉公に出され、荷運びや荷積みなどのつらい仕事に耐えながら、独学で読み書き十露盤《そろばん》を習得した。

そうした努力が主人の幸右衛門の目に留まり、六年後には手代に取り立てられて帳簿をまかされるようになった。当時、『相模屋』には十五人の丁稚《でっち》がいたが、わずか六年で手代に上りつめたのは佐吉だけだった。文字どおりの出世頭である。

　何もかもが順風満帆だった。

　幸右衛門の一人娘・お佳代《かよ》と恋に落ちたのも、ちょうどそのころだった。琴《こと》の師匠の家に稽古《けいこ》に通うお佳代の送り迎えをしたのがきっかけで恋が芽生《めば》えたのである。いつしか二人は周囲の目を盗んで逢瀬《おうせ》を重ねるようになった。

　そんなある日、突然、

「佐吉、話がある。奥座敷に来なさい」

　と幸右衛門に呼び出された。てっきりお佳代との仲を咎《とが》められるのだろうと思い、佐吉は覚悟を決めて奥座敷に向かったが、そこで聞かされたのは意外な言葉だった。

「お佳代から話は聞いた。わたしはおまえたちの仲を反対するつもりはない」

「旦那《だんな》さま……！」

　一瞬、佐吉は我が耳を疑い、絶句して幸右衛門の顔を凝視《ぎょうし》した。

「おまえが本気でお佳代を好いていることもわかっている」

「………」

「わたしには跡取りの息子がいないからな。おまえがお佳代の婿《むこ》になってくれれば、相模屋の将来《すえ》も安泰だ。来春には祝言《しゅうげん》を挙《あ》げさせてやろう」

そういって幸右衛門は笑みを浮かべた。実の父親のように慈愛《じあい》に満ちた笑みだった。

「………」

佐吉は感きわまって落涙《らくるい》した。

このとき、佐吉十八歳、お佳代十七歳。

桂川のほとりに新緑が萌《も》えはじめた初夏のことだった。

二

「ところが――」

佐吉の顔にふっと暗い影が差した。

「その二カ月後にとんでもねえ事件が起きやして」

「とんでもない事件、……というと？」

清四郎は顔を横に向けて、佐吉を見た。

「旦那さまが一揆《いっき》を企《くわだ》てた罪で御用になったんです」

「一揆を！」

清四郎は瞠目《どうもく》した。

「そのころの甲州はひどい旱魃《かんばつ》に見舞われやしてね。あちこちで一揆や打ち壊しが嵐のように吹き荒れておりやした」

その余波《よは》が上野原にもおよんだ、と佐吉はいう。

筵旗《むしろばた》をかかげ、鍬《くわ》や鋤《すき》、鎌《かま》、竹槍《たけやり》などで武装した農民の一団に無頼《ぶらい》浪人や無宿者などが加わり、庄屋や豪農、絹生糸問屋、米問屋などを襲って米・金品を強奪するという騒動が宿場の周辺で続発したのである。

事態を重く見た石和代官所は、谷村陣屋に鎮圧隊を送り込み、武力でこれを制圧したために騒動は一カ月足らずで終息《しゅうそく》したのだが……。

それから十日ほどたったある日、谷村陣屋の手附元締め・室田外記が勘兵衛と捕方《とりかた》を引き連れて『相模屋』に現われ、応対に出た主人の幸右衛門に、

「吟味《ぎんみ》の筋がある。陣屋まで来てもらおうか」

傲然《ごうぜん》といい放った。驚いた幸右衛門が、

「いったい何のご詮議《せんぎ》でございましょう？」

と訊《き》き返すと、室田の横に立っていた勘兵衛がやおら腰の十手《じって》を引き抜いて、

「百姓一揆を煽《あお》った嫌疑《けんぎ》よ」

「ま、まさか！」

幸右衛門は驚愕《きょうがく》し、必死に抗弁した。

「何かのお間違いでは。……手前にはまったく身に覚えがございません！」

「申し開きは陣屋でゆっくり聞いてやる。勘兵衛、縄《なわ》を打て」

「へい」

と勘兵衛が式台に跳び乗り、幸右衛門の腕を取って縄を打とうとした。そのとき、

「お待ちください！」

と奥から飛び出してきたのは、佐吉だった。

「旦那さまは無実でございます。濡《ぬ》れ衣《ぎぬ》でございます！」

「ええい、邪魔だ。どきやがれ！」

勘兵衛が荒々しく突き飛ばそうとすると、佐吉はとっさにその腕にすがりつき、十手をもぎ取って勘兵衛の顔面をしたたかに打った。バッと鮮血が飛び散った。

「こ、小僧、やりやがったな！」

赤鬼のような形相《ぎょうそう》で、勘兵衛が怒鳴《どな》った。

「そやつも召《め》し捕れ！」

室田の下知《げち》を受けて、戸口に待機していた捕方たちがいっせいに雪崩《なだれ》込んできた。

「佐吉、逃げなさい！」

幸右衛門の声に背中を押され、佐吉ははじけるように奥へ走った。

捕方たちが追ってくる。

佐吉は勝手口から外に飛び出し、裏手の竹藪《たけやぶ》に走り込んだ。それを追って捕方たちが竹藪の中に踏み込んだときには、もう佐吉の姿は影も形もなく消えていた。

「それからあとは、ごらんのとおり……」

佐吉は自嘲《じちょう》の笑みを浮かべた。

「無宿渡世に身をやつして、信州・越後《えちご》・上州・武州《ぶしゅう》と流れ歩いているうちに、気がついたら五年の歳月がたっておりやした」

「その五年の間に、かなりの修羅場《しゅらば》をくぐってきたようだな」

佐吉は暗い顔でうなずいた。

「無宿《むしゅく》の流れ者に平穏無事な日なんて一日もありやせん」

真っ黒に日焼けした顔、窪《くぼ》んだ目、そげ落ちた頬《ほお》、節《ふし》くれだった手。その一つ一つが流浪《るろう》の旅の過酷さを如実《にょじつ》に物語っている。

「結局、『相模屋』のあるじはどうなったのだ?」

水車小屋の煤《すす》けた天井を見つめながら、清四郎が訊いた。

「お仕置きになったと……、風の噂《うわさ》に聞きやした」

佐吉は沈痛な表情で声を詰まらせた。

「それにしてもわからんな」

清四郎は首をかしげた。

「陣屋の手附元締めは、何を根拠に幸右衛門が一揆を煽動《せんどう》したと決めつけたのだ?」

「くわしいことは、あっしにもわかりやせんが、ただ一つだけ――」

思い当たる節《ふし》があった。事件が起きる半月ほど前、幸右衛門は旱魃《かんばつ》に苦しむ近在の百姓たちに救恤金《きゅうじゅっきん》を配り、年貢米軽減の嘆願《たんがん》書に署名したのである。室田外記はそれを楯《たて》にとって幸右衛門に濡れ衣をかぶせたのかもしれない、と佐吉はいった。

「だとすれば、理不尽《りふじん》な話だな」

清四郎が苦々しく顔をゆがめた。声に怒りがこもっている。

佐吉はふたたび藁山の上にごろりと体を横たえた。藁屑《くず》がふわりと宙に舞い上がった。

「もう一つ、聞かせてくれ」

清四郎がいった。

「なぜ、上野原にもどって来たのだ？」

「………」

数瞬の沈黙のあと、佐吉は気恥ずかしそうに声を落としていった。

「お嬢さんのことが……、気になりやしてね」

「お佳代という娘のことか」

佐吉はこくりとうなずいた。

幸右衛門が処刑されたあと、『相模屋』の家作身代《かさくしんだい》は人手に渡り、幸右衛門の女房や娘のお佳代、そして三十人ほどいた奉公人たちは逃げるように上野原の地を離れて行ったという。これも旅の空の下で耳にした風聞《ふうぶん》だった。

「この五年間、あっしは一時《いっとき》もお嬢さんを忘れたことはありやせんでした。出来ればすぐにでも飛んで帰ってお嬢さんの行方を探してえと、何度そう思ったことか……。けど、あっしにはその勇気がなかった」

「勇気？」

「勘兵衛一家が手ぐすね引いて待ち受けているのはわかっておりやしたので。そんなところに飛び込んでいったら、お嬢さんの行方を探すどころか、てめえの命だってどうなるかわかりやせん。それで——」

「ほとぼりが冷めるのを待っていたというわけか」

「へい」

うなずくと、佐吉は遠くを見るような目つきで闇を見つめながらいった。

「その間にあっしも変わりやした」

「………」

「いまのあっしには失うものは何もねえし、怖いものもありやせん。命がけで勘兵衛一家に立ち向かっていけば何とかなるだろうと……、腹をくってもどって来たんです」

「——で、娘の消息はわかったのか？」

「幼《おさな》なじみの利助《りすけ》という男から聞いてきやした」

利助は上野原宿の問屋場で伝馬人足《てんまにんそく》をしており、宿場内の事情に精通していた。

その利助の話によると、お佳代は母親とともに上野原宿からおよそ一里半離れた野田尻宿《のだじりじゆく》に移り住み、『蔦屋《つたや》』という旅籠屋で働いているらしい。もっともこれは利助が数年前に人づてに聞いた話で、最近の二人の消息は知らないという。

「明日、その『蔦屋』という旅籠を訪ねてみるつもりです」

「娘に会ってどうするつもりだ？」

「お嬢さんの気持ちが、五年前と変わってなければ……」

もう一度最初からやり直したいといいたかったのだろう。だが、次の言葉を呑《の》み込んだまま、佐吉は貝のように口をつぐんでしまった。

その沈黙の意味が清四郎にはわかっていた。佐吉にも自信がないのだ。

お佳代はもう二十二歳である。五年の歳月が佐吉を変えたように、お佳代もきっと変わっているに違いない。独り身でいるかどうかもわからないのだ。

「賭けだな」

と清四郎がいった。

「表と出るか、裏と出るか――」

「賽《さい》は振ってみなければわかりやせん。とにかく、一度会ってみるつもりです」

佐吉はきっぱりといった。

「そうか。……よし、おれも一緒に行こう」

「え？」

佐吉は意外そうな目で見返した。

「上野原の宿場には、もうもどれんからな。しばらくは野田尻に逗留《とうりゅう》するつもりだ」

「真壁さままでこんなことに巻き込んじまって、申しわけございやせん」

「気にするな」

そういって、清四郎はごろりと寝返りを打った。


けたたましい鳥の鳴き声で目が醒《さ》めた。

ひよどりの鳴き声である。それも一羽や二羽ではない。十数羽が群れをなして鳴いている。清四郎はむっくり起き上がって小屋の中を見廻した。

羽目板の隙間から白い光が差し込んでいる。横に目をやると、佐吉が藁山に埋もれるようにして眠っていた。清四郎は佐吉の肩に手をかけてそっと揺すった。

「佐吉、起きろ」

「――へ、へい」

眠たそうに目をこすりながら、佐吉は体を起こした。

「出かけるぞ」

塗笠をかぶって清四郎が立ち上がった。佐吉もあわてて立ち上がり、三度笠をかぶって清四郎のあとについた。

板戸を引き開けて表に出ると、水車小屋の近くの樫《かし》の木に止まっていたひよどりの群れが、バサバサと羽音を立てていっせいに飛び立っていった。

乳白色の朝靄《もや》が水車小屋の周囲の雑木林をひっそりと包み込み、墨絵《すみえ》のような淡い景観を呈《てい》している。

雑木林を抜けて、野道を四半刻（約三十分）ほど北へ行くと街道に出た。

朝靄はすっかり晴れて、山の端を離れた朝陽が、東の空を黄金《こがね》色に染めている。

時刻が早いせいか、街道に旅人の姿はなかった。

白く乾いた道が西へ向かって坦々《たんたん》と延《の》びている。

ほどなく前方に川が見えた。鶴川である。

川幅は八間（約十四メートル）ほどだが、大雨で川が増水したときは二十間（約三十六メートル）から四十間（約七十二メートル）におよぶという。

冬や春は仮の板橋が架けられるが、夏から秋にかけては徒歩《かち》渡りである。

清四郎は川岸に立って流れを見た。

「さほど深くはなさそうだな」

「せいぜい、膝のあたりぐらいでしょう」

「これなら袴を脱がなくても済みそうだ」

清四郎は袴の裾をたくし上げて、ざぶざぶと川の流れに踏み込んでいった。佐吉もそのあとにつづく。

川を渡ると、すぐ対岸が鶴川宿である。

街道沿いに藁屋根の小家が五十軒ほど建ち並んでいた。宿場というより、山間《やまあい》の寒村を想わせる、ひなびたたたずまいの町並みである。

木賃宿《きちんやど》の看板をかかげた家の前で、腰の曲がった老人が戸口を掃《は》いていた。ほかに人影は見当たらず、宿場通りはひっそりと静まり返っている。

「おはようございます」

と老人が挨拶《あいさつ》をしたが、二人はそれを無視するように足早に通り過ぎて行った。

鶴川宿を抜けると、街道は山道になる。戦国時代、このあたりは武蔵・相模両国に対する防衛の要所として数多くの城砦《じょうさい》が築かれた。その名残《なごり》が街道の左右の小高い山々に散見できた。石積みの郭《くるわ》や土塁《どるい》、狼煙台《のろしだい》などの遺構である。

鶴川宿から西へ十五町（約一・五キロ）ほど行ったところに一里塚があった。大椚《おおくぬぎ》の一里塚である。

「あの一里塚を過ぎれば、野田尻はもうすぐですよ」

佐吉が前方を指さしていった。

山道の彼方にかすかに宿場の家並みが見える。

野田尻宿の人口は六百七人、家数百十八戸、旅籠屋九軒。本陣《ほんじん》も脇《わき》本陣もあり、山中の宿駅としては規模の大きな宿場である。

『東海道中膝栗毛《ひざくりげ》』で知られる十返舎一九《じっぺんしゃいっく》は、『諸国道中金草鞋《かねわらじ》』の中で野田尻を「奴多尻《ぬたじり》」と記しているが、これは当て字であろう。

宿場近くに湿地帯があり、そのはずれに位置するところから、

〈野田（沼田）の尻〉

と呼ばれたというのが、どうやら正しい地名の由来のようである。

この一帯でも養蚕《ようさん》や機《はた》織《お》り業が盛んだった。

「だいぶ陽が高くなったな」

清四郎は塗笠を押し上げて上空を仰《あお》ぎ見た。

陽の高さから推測すると、時刻は五ツ（午前八時）ごろだろうか。宿場の家並みのあちこちから、朝餉《あさげ》の炊煙《すいえん》がゆらゆらと立ちのぼっている。

棒鼻を過ぎたあたりから、ちらほらと旅人の姿が目立つようになった。

宿場通りの中ほどまで来たところで、先を歩いていた清四郎が足を止めた。

「あれだ」

前方右手に小さな旅籠屋があった。軒行灯《あんどん》に『蔦屋』とある。

旅籠屋の前で、佐吉はためらうように立ち止まった。

期待と不安が交錯し、早鐘のように胸が高鳴っている。肩で大きく息をととのえると、意を決するように三度笠をはずして中へ入っていった。

「いらっしゃいまし」

廊下の雑巾《ぞうきん》がけをしていた中年の女が、立ち上がって頭を下げた。

「この旅籠でお佳代って女《ひと》は働いていねえかい？」

「お佳代さんなら一年ほど前にやめましたよ」

「え！」

一瞬、佐吉は絶句したが、絞り出すような声で訊き返した。

「やめてどこに行ったんだい？」

「矢壺《やつぼ》の栄次郎《えいじろう》という人のところへ、嫁《とつ》いだそうです」

「…………」

言葉がなかった。佐吉の身の内で何かが音を立てて崩れていった。

三

「――これからどうするつもりだ？」

味噌《みそ》汁をすすりながら、清四郎が訊いた。

『蔦屋』から数軒離れた小さな一膳飯屋の中である。

佐吉はうつろな表情で黙然《もくねん》と箸《はし》を動かしている。ほかに客の姿はなく、店の奥で老夫婦が忙しそうに立ち働いている。ややあって、佐吉が顔を上げ、

「また旅をつづけるつもりです」

ぽつりといった。聞き取れぬほど弱々しい声である。

「行く当てはあるのか」

「別に当てはありやせんが、甲府から中山道に出て信州に足を延ばそうかと」

「そうか。……では、ここでおさらばだな」

「何のご恩返しも出来ずに、このままお別れするのは心苦しいんですが」

「おれのことなら気にするな」

佐吉は申しわけなさそうに目を伏せて、静かに箸を置いた。

「もう行くのか」

「へい」

卓の上に飯代を置いて、佐吉は腰を上げた。

「佐吉」

清四郎が呼び止めた。

「お佳代という女のことは忘れることだな」

「…………」

佐吉は応えなかった。無言のまま深々と頭を下げると、三度笠を小脇に抱えて、逃げるように飯屋を出て行った。

　清四郎は、佐吉が食べ残していった器《うつわ》にちらりと目をやった。

　どんぶりの飯も汁椀《しるわん》の味噌汁も半分ほど残っている。皿の上の岩魚《いわな》の塩焼きはほとんど手つかずだった。よほど心が急《せ》いていたのだろう。

（女に会いに行くつもりだな）

　清四郎はそう思ったが、佐吉の未練を責める気にはならなかった。

　五年もの間、佐吉はお佳代という女を一途《いちず》に想いつづけてきたのである。未練がないはずはなかった。お佳代がどんな男と所帯《しょたい》を持ち、どんな暮らしをしているのか、自分の目で確かめなければ気持ちの踏ん切りがつかないのだろう。

　いずれにせよ、お佳代との再会が、佐吉の五年の旅の終わりになる。それだけは確かだった。そして、そこからまた新たな旅がはじまる。

　――その旅路の先に、佐吉の安住の地はあるのだろうか。

　そんな思いをめぐらしていると、ふいに、

「毎度ッ」

　と甲高《かんだか》い声がして、大きな籠《かご》を背負った百姓ふうの男が飛び込んできた。

「やあ、和助《わすけ》さん。待ってましたよ」

　奥から亭主が出てきて、男に笑顔を向けた。和助と呼ばれたその男は、ぜいぜ

い息を荒らげながら背中の籠を土間に下ろし、

「遅くなって申しわけありません」

ぺこんと頭を下げた。野菜の行商をしているのか、籠の中には胡瓜《きゆうり》や茄子《なす》、隠元《いんげん》、青菜などがぎっしり詰まっている。

亭主は品定めするようにそれを一つ一つ手に取りながら、

「めずらしいね、和助さんが半刻も遅れるなんて。寝坊でもしたのかい？」

「それが……」

額《ひたい》の汗を手拭いで拭きながら、男は弁解するようにいった。

「矢壺《やつぼ》の道祖神《どうそじん》の前に、妙な男たちがたむろしてましてね」

「妙な男？」

「四人、五人はいましたかね。因縁《いんねん》でもつけられたらかなわないので、廻り道をしてきたんですよ」

「何者なんだい？　その男たちは」

「このあたりじゃ見かけない顔でした。堅気《かたぎ》じゃなさそうでしたよ」

そのやりとりを聞いて、清四郎がやおら立ち上がった。亭主と男はびっくりしたように振り向いた。

「矢壺というのは、どのあたりだ？」

「宿場を出て西へ十丁（約一キロ）ばかり行った右手に細い山道があります。その道を下ったところが矢壺でございます」

　亭主が応えた。

「そうか。……馳走《ちそう》になった」

　卓の上に飯代を置くと、清四郎は塗笠をかぶって店を飛び出した。


（勘兵衛一家だ）

　清四郎は直観的にそう思った。

　考えてみれば、五年前の『相模屋』事件に関わっていた勘兵衛が、佐吉の帰郷の目的を見抜けぬはずがなかった。おそらく昨夜のうちにお佳代の住まいを調べ上げ、今朝方早く上野原を立って先廻りしたに違いない。

　――もっと早く、そのことに気づくべきだった。

　後悔のほぞを噛《か》みながら、清四郎は宿場通りを矢のように駆け抜けた。

　一膳飯屋の亭主がいったとおり、野田尻の宿場を出て西へ十丁ほど行った右側に、細い山道があった。ゆるやかな下りの坂道である。

道幅は一間半（約二・七メートル）ほどで、道の両側には櫟《くぬぎ》や椎《しい》、杉、檜《ひのき》、楓《かえで》などの木々が生《お》い茂り、まるで緑の隧道《すいどう》のようなおもむきだった。

清四郎は一気に山道を駆け降りた。

五、六丁も行くと道はやや平坦になり、その先にのどかな田園風景が広がった。

清四郎は足を止めて、用心深く前方に目をやった。

樹木が途切れたあたりに、古い小さな祠《ほこら》が建っている。悪霊《あくりょう》や疫病神《やくびょうがみ》の侵入を防ぐために祀《まつ》られた道祖神の祠である。

祠の周辺の藪の中から、男たちの声が響いてきた。

「どうだ？　見つかったか」

「いえ、見当たりやせん」

「野郎、どこに消えちまったんだ」

「どのみち、あの傷じゃ長くはもたねえでしょう」

「あきらめるのはまだ早《はえ》えぜ。手分けして探すんだ」

「へい」

藪ががさがさと揺れて、一人の男が道に出てきた。次の瞬間、

「お、親分！」

男は叫声《きょうせい》を発して立ちすくんだ。

道の真ん中に、塗笠をまぶかにかぶった清四郎が仁王《におう》立ちしている。

男の声を聞きつけて、四方から男たちが飛び出してきた。総勢五人。手に手に抜き身の長脇差を引っ下げている。先頭に立っているのは、上野原の勘兵衛と小原の繁蔵だった。

「何もんだ！」

勘兵衛が目を剝《む》いた。

「てめえが佐吉と一緒にいた浪人者か！」

「貴様らは、けだものだ」

塗笠の下から、吐き捨てるような声が返ってきた。

「ほざくんじゃねえ！」

癇性《かんしょう》な声を張り上げて、いきなり繁蔵が斬りかかってきた。力まかせの薪割《まきわ》り殺法《さっぽう》である。清四郎はとっさに体を左に開いて切っ先をかわした。長脇差がうなりを上げて空《くう》を切り、繁蔵の上体が大きく前にのめった。そこへ、
しゃっ。

清四郎の抜き打ちの一刀が飛んだ。凄《すさ》まじい速さの斜太刀《はすだち》である。喉《のど》を斬り裂かれた繁蔵は、声もなく地面に突《つ》っ伏《ぷ》した。顔が不自然にねじ曲がり、斬り裂かれた喉《のど》から潮《しお》を吹くように血が噴出した。

「し、繁蔵！」

勘兵衛が叫んだ。三人の子分は呆気《あっけ》にとられたように棒立ちになっている。

「何をぼやぼやしてやがるんだ！　斬れ！　斬れ、叩《たた》っ斬れ！」

顔を真っ赤に紅潮させて勘兵衛がわめき散らす。

三人の子分は我に返ったように長脇差を構え直した。

「野郎！」

「死にやがれ！」

声だけは威勢がいいが、三人ともどこかおよび腰である。ただ闇雲に長脇差を振り廻しているだけで一向《いっこう》に斬り込んで来ない。

清四郎は刀を脇構えにして三人に突進して行った。

一人があわてて長脇差を叩き下ろした。清四郎は身を沈めて刀を水平に走らせた。

ぎゃっと悲鳴が上がった。脇腹を深々とえぐられた男は、突《つ》んのめるように繁蔵の死体の上に倒れ込んだ。清四郎はすぐに体を反転させた。

左から別の男が斬り込んできた。

向き直りざま、拝《おが》み打ちにその男を斬り倒すと、清四郎は、恐れをなして逃げ出したもう一人の男に追いすがり、背中に袈裟《けさ》がけの一刀を叩きつけた。

「ち、畜生《ちくしょう》！」

歯嚙《はが》みしながら、勘兵衛が後ずさった。

清四郎は刀をだらりと下げたまま、ゆっくり間合いを詰めていった。

勘兵衛の顔が恐怖に引きつり、長脇差の切っ先がぶるぶると震えている。

カシャッ。

清四郎が刀を返した。刃先を上にして、切っ先を勘兵衛に向けたのである。

「ま、待ってくれ！」

勘兵衛が片手を上げた。

「おめえさんの望みは何でも聞く。い、命だけは助けてくれ」

「…………」

清四郎は無言。塗笠の下で目だけが冷やかに光っている。

「た、頼む。見逃してくれ」

無言のまま、清四郎がまた一歩間合いを詰めた。勘兵衛も後ずさりながら、

「お、おめえさん、一体何者なんだい？」

開き直るように睨《にら》み返した。

「街道の牙《きば》」

「あ？」

「とでもいっておこうか」

「ふざけやがって！」

わめくなり、勘兵衛は死に物狂いで斬りかかってきた。清四郎は体をひねって切っ先をかわし、斜め下からすくい上げるように刀を走らせた。

ガツッ、と鈍《にぶ》い音がして何かが宙に舞い、同時におびただしい血飛沫《ちしぶき》が散った。

清四郎は反射的にうしろに跳んで、飛散する血飛沫を避《よ》けた。

宙に舞ったものが、音を立てて地面に落下した。切断された勘兵衛の首だった。

近くの草むらに胴体だけが突っ伏している。

刀の血振《ちぶ》りをして鞘に納めると、清四郎はゆっくり踵を返した。

# 四

道祖神の祠の前で足を止めて、清四郎はあたりを見廻した。

祠の脇の草むらに、佐吉の三度笠が転がっていた。

「佐吉、佐吉――」
二、三度呼びかけてみたが、応答はなかった。
祠の前方は一面緑の野原である。佐吉が身を隠すような場所は見当たらなかった。

清四郎は祠の裏手の林に足を踏み入れた。

木々の葉が陽差しを閉ざし、林の中は夕暮れのように薄暗い。

生い茂った雑草や蔦蔓《つたかずら》をかき分けながら、清四郎は林の奥へと突き進んだ。

と、そのとき……。

かすかなうめき声が聞こえた。清四郎は立ち止まって四辺に目をやった。

数間先に杉の古木が立っている。大人がふたり、手を廻しても届きそうもない巨木である。幹にはびっしりと青苔《あおごけ》が生《は》え、太い根が地面に露出している。

うめき声はその巨木の陰から聞こえてきた。

清四郎はそっと歩み寄って、巨木の陰をのぞき込んだ。

血まみれの佐吉が木の根方にうずくまっていた。衣服はずたずたに斬り裂かれ、朱泥《しゅでい》をかぶったように全身が血で濡れている。足元には折れた長脇差が転がっていた。

両目を閉じているが、息はまだあるようだ。かすかに肩が揺れている。

「佐吉」

声をかけると、佐吉がうっすらと目を開けた。生気のない弱々しい目だった。

両手は右脇腹を押さえている。その指の間から血がだらだらと流れ出ている。

清四郎は膝を折って、佐吉の顔をのぞき込んだ。

「おれだ。真壁だ。わかるか?」

佐吉がうつろな目で清四郎を見た。そして、こくりとうなずいた。清四郎の顔が見えているのか、それとも声で判断したのか、定かにはわからなかった。

「傷を見せろ」

「見ても……、無駄でござんすよ」

蚊《か》の鳴くような細い声だった。

「弱音を吐くな。おまえらしくないぞ」

「――真壁さま」

気力を振り絞って、佐吉は顔を上げた。

「お願いが……、ございやす」

「何だ？　いってみろ」

「お嬢さんに一目だけ……、一目だけ会いてえんで……」

「この近くに住んでいるんだな？」

「へえ……、矢壺の村はずれの……、一軒家だと聞きやした」

あえぎあえぎいった。

「よし、おまえはここで待っていろ。おれが連れて来てやる」

いい置いて、清四郎は走り出した。

林を抜けて、さっきの道に出た。

道の彼方《かなた》には小高い山がつらなり、山裾に小さな集落が見えた。矢壺村である。その集落からやや離れた疎林《そりん》の中に、藁屋根の小さな百姓家が一軒だけぽつんと建っていた。

清四郎はその家を目ざして疾走《しっそう》した。

近づいて見ると、疎林と見えたのは柿や梨《なし》、枇杷《びわ》、無花果《いちじく》などの果樹林だった。

果樹林の奥に小さな百姓家があった。

家の中から、機を織る音が聞こえてくる。

清四郎は足を止めてその家の縁先に目をやった。

縁側の障子はすべて開け放たれていて、屋内の様子が手に取るように見える。

奥の板間で襷《たすき》がけの女が一人、無心に機を織っていた。

歳のころは二十一、二。着ているものは粗末だが、百姓の女房にしては色が抜けるように白く、繊細な顔立ちの美人だった。

清四郎は塗笠をはずして縁側に歩み寄った。

機織りの音がぱたりとやみ、女がけげんそうに顔を向けた。

「お佳代さんだな?」

「は、はい。……あなたさまは?」

それには応えず、清四郎は素早く家の中を見廻した。ほかに人の気配はなかった。

「亭主はいないのか?」

「畑仕事に出ていますけど」

「あんたに会わせたい男がいる。一緒に来てもらえぬか」

「会わせたい人って……？」

お佳代の顔には警戒の色が浮かんでいる。

「佐吉だ」

「え」

お佳代は虚を突かれたような顔で絶句した。心の動揺がその目に表われていた。黒い大きな目が激しく動いている。数瞬の沈黙があった。

「佐吉さんが……、佐吉さんがもどって来たんですか」

気を取り直して、お佳代が訊き返した。つぶやくような低い声である。

「道祖神の近くで待っている。会ってやってくれ」

「…………」

お佳代の目がまた激しく泳いだ。佐吉に会うことをためらっているというより、突然現われた清四郎に警戒心を抱いているようだった。

「佐吉はひどい怪我をしている。一刻を争うのだ」

「佐吉さんが怪我を……！」

た。

「とにかく、一緒に来てくれ」

「は、はい」

意を決するようにうなずくと、お佳代は手早く襷をはずし、縁側から下りて来た。

道祖神の祠に向かう道すがら、清四郎は自分の素性《すじょう》をお佳代に打ち明け、佐吉と知り合った経緯《いきさつ》や、佐吉がお佳代に会いたい一心で上野原にもどって来たこと、それを知った勘兵衛一家が先廻りして佐吉を襲ったことなどを洩《も》れなく語った。

事情を知ったお佳代は、無意識裡《り》に足を速めていた。

須臾《しゅゆ》（十二、三分）ののち、清四郎とお佳代は道祖神裏の林の中を歩いていた。

「あれだ」

先を歩いていた清四郎が、先刻の杉の巨木の前で足を止めて、背後を振り返った。

お佳代が小走りに近寄って、巨木の陰をのぞき込んだ。

「佐吉さん！」

お佳代の声を聞いて、木の根元にうずくまっていた佐吉が、緩慢《かんまん》に体を起こして顔を上げた。輝きを失った目がうつろに宙をさまよっている。

その前にお佳代が両膝を突いた。

「佐吉さん、わたしです。お佳代です！」

「——お嬢さん」

佐吉の目がようやくお佳代の顔を捉《とら》えた。

「見える？　わたしの顔が見える？」

「ああ」

佐吉は口の端にかすかな笑みを浮かべ、焦点の定まらぬ目でお佳代を凝視した。

「お嬢さん、昔と少しも……変わっておりやせんねえ。いえ、昔より、ずっときれいになって……」

「佐吉さん、しっかりして。気を確かに持って」

「お内儀《かみ》さんは……、お達者《たっしゃ》ですかい」

お佳代は困惑したようにうつむいた。

「――おっ母《か》さんは、胸を患《わずら》って二年前に亡くなりました」

「そうですかい。……お気の毒に」

佐吉の顔から笑みが消えた。そして眠るように静かに目を閉じた。

「佐吉さん、目を開けて。しっかり、わたしを見て」

「目を開けたところで……」

いいながら、佐吉は弱々しく首を振った。

「もう、見えねえんですよ」

「………！」

お佳代は息を呑んだ。何かいおうとしたが、声にならなかった。見開いた両目からぼろぼろと涙がこぼれ落ちている。

「お佳代さんの……ご亭主は……」

目を閉じたまま、佐吉がか細い声でいった。

「どんなお人ですかい？」

「いい人ですよ。働き者で、やさしくて」

お佳代はためらいもなく応えた。いまさら嘘や気休めをいったところで、死を目前にした佐吉には何の救いにもならないだろう。逆に悲しませるだけである。

そう思ってお佳代はあえて正直に応えたのだが、涙は止まらなかった。

「じゃ、いまは……、仕合わせなんですね」

「ええ」

「そうですかい。……それを聞いて……、あっしも安心しやした」

佐吉の顔に穏やかな笑みが浮かんだ。

「お嬢さんが……、仕合わせになってくれれば……、それで……」

語尾がかすれて、荒い息づかいに変わった。

「佐吉さん、死なないで！」

悲鳴のような声を上げて、お佳代は佐吉の胸に取りすがった。

「死なないで！　死んじゃいや！」

激しく体を揺すったが、佐吉の口から二度と声が洩れることはなかった。

清四郎は無言で佐吉の死に顔を見下ろした。顔は土気色に変わり、唇《くちびる》が紫色に変色している。その口許《くちもと》に白い歯がこぼれていた。微笑をたたえた安らかな死に顔だった。

お佳代は肩を震わせて嗚咽《おえつ》した。滂沱《ぼうだ》の涙が佐吉の顔を濡らしている。

慰撫《いぶ》する言葉もなく、清四郎は立ちつくしていた。

やがて、お佳代は虚脱《きよだつ》したような顔でよろよろと立ち上がり、

「遅かったんです」

ぽつりといった。清四郎は黙って見つめている。

お佳代も佐吉の帰りを一日千秋《いちじつせんしゆう》の思いで待ちつづけていたに違いない。

だが、二年前に母親を病で亡くし、心の張りを失ってしまったお佳代にとって、その後の一年は長過ぎたのだ。

「もう一年……、もう一年、早くもどって来てくれれば……」

お佳代は憑《つ》かれたような顔でつぶやいた。痛恨の思いがその言葉にこもっている。

「お佳代さん」

清四郎が向き直った。

「鍬《くわ》を貸してもらえぬか」

「鍬？」

いぶかるように、お佳代が見返した。

「佐吉を葬《ほうむ》ってやろうと思ってな」

「この木の下にですか？」

うなずいて、清四郎は杉の巨木を仰ぎ見た。その木だけが周囲の木々を睥睨《へいげい》するように飛び抜けて高くそびえ立っている。

「お佳代さんの家からも、この木が見えるはずだ」

お佳代は思わず杉の木を見上げた。

「お佳代さんが見守ってくれれば、佐吉も安心して眠れるだろう」

「…………」

お佳代は声を詰まらせた。ひょっとしたら、佐吉もそれを願ってこの木の下を死に場所に選んだのかもしれない。そう思うとまた新たな悲しみが込み上げてきた。

五

それから四半刻後——。

真壁清四郎は、野田尻宿から半里ほど離れた街道を、西へ向かって歩いていた。

道はゆるやかな登り坂になっていた。矢壺坂と呼ばれる坂道である。

清四郎は坂の中腹で足を止めて、東の方向に目をやった。はるか遠くに道祖神の林が見えた。

杉の巨木が天を突くようにそびえ立っている。その木の下に佐吉は眠っている。五年の流浪《るろう》の旅の果てに行き着いた場所だった。

何ともやり切れぬ思いが、清四郎の胸をひたした。

(最期にお佳代に会えたことが、せめてもの救いだ)

そう思うしかなかった。杉の巨木に向かって両手を合わせると、清四郎は踵を返してふたたび坂道を登りはじめた。

道は次第に狭くなり、勾配《こうばい》も急になった。

九十九折《つづら》りに屈曲した山道をしばらく行くと、道はさらに険《けわ》しくなり、左側に切り立った崖《がけ》が見えた。この崖を俗に「座頭《ざとう》転がし」という。旅の座頭が、深い谷があるのに気づかず、足を踏みはずして転落死したところから、そう呼ばれた。

道幅は二尺(約六十センチ)足らず。常人でもうっかりすると足を踏みはずしかねない険路《けんろ》である。そのためか、途中で軽尻《かるじり》の馬を曳《ひ》いた馬子《まご》とすれ違ったのを最後に、旅人の姿を見かけることはなかった。

崖の反対側は笹竹が密生した急斜面になっている。

道に張り出した笹の葉を手で払いながら、清四郎は勾配の急な険路をゆっくり登って行った。さすがに息が上がった。背中は汗でびっしょり濡れている。

やがて道はやや平坦になり、前方に葦簾《よしず》がけの茶屋が見えた。

『峰の茶屋・名物・柏餅《かしわもち》』の幟《のぼり》がはためている。

茶屋の奥にぽつねんと座っていた老婆が、目ざとく清四郎の姿を見て飛び出してきた。

「お武家さま、どうぞ、お立ち寄りくださいまし」

「大月宿《おおつきじゆく》まではどれほどある？」

「三里（約十二キロ）ほどでございます」

「そうか」

清四郎は店先の床几に腰を下ろし、茶と柏餅を注文した。

茶屋からの眺望が素晴らしかった。見渡すかぎりの山並みである。南西に富士の雄大な山容《さんよう》がくっきりと浮かび立っている。

「お待たせいたしました。どうぞ」

老婆が茶と柏餅を運んできた。

余談だが、浮世絵師・歌川広重もこの茶屋に立ち寄り、『甲州道中記』に、

〈名物の柏餅、味きわめて悪し〉

と記している。食べてみると、なるほどまずかった。

清四郎は茶をすすりながら空を見上げた。

澄明《ちようめい》な青空が無限に広がっている。

陽はまだ高いところにあった。

大月宿までは三里の道程である。急ぐほどの距離ではなかった。

（日暮れ前には着くだろう）

清四郎は老婆に茶の代わりを頼んだ。今夜は大月宿に泊まり、明日の朝、甲府に向かうつもりだった。

目的は甲府勤番士・中根数馬殺害事件の真相を探ることである。

甲府勤番士の主な任務は、甲府城の守護、城米や弓鉄砲の管理などである。昼夜交代の城勤めなので、公用で旅に出ることなどはめったになかった。

それなのに、なぜ中根は甲府から十六里（約六十四キロ）も離れた上野原宿で殺されたのか。その謎が解ければ、香月兵庫殺しの真相も見えてくるかもしれない。そう思って甲府行きを決意したのである。

二杯目の茶を飲み終えたとき、清四郎はふと人の気配を感じた。

三つの人影が山道を登ってくる。

いずれも網代笠《あじろがさ》をかぶり、袖《そで》無し羽織に裁着袴《たつつけばかま》をはいた屈強の武士である。

三人が茶屋の前にさしかかったとき、一人が歩をゆるめて清四郎に顔を向けた。

肩の肉が盛り上がった大柄な武士である。網代笠で顔は見えなかったが、明らかにその視線は清四郎に向けられていた。

清四郎が不審な目で見返すと、連れの二人の武士が、

「違う」

というようにかぶりを振り、大柄な武士をうながして足早に通り過ぎていった。

（あの連中、何者だろう？）

小首をかしげながら、清四郎は床几に茶代を置いて腰を上げた。

三人の武士の姿は、もう消えていた。

半里ほど行くと、道はまた急な登り坂になった。

坂の中腹に板屋根の小家が散在している。坂道を登って行くにつれて、家の数

が増えてきた。その数およそ五十軒。山肌にへばりつくように軒をつらねている。

犬目宿《いぬめじゆく》だった。活気のない、うらぶれた感じの宿場である。家の軒下や路地の角に人影がちらほらとよぎっているが、旅人の姿は見当たらなかった。

継立場《つぎたてば》の前で、二頭の馬がのんびりと飼葉《かいば》を食《は》んでいる。そのかたわらにしゃがみ込んで煙管《きせる》をくゆらせていた馬子が、

「お武家さま、馬はいらんかね」

と声をかけてきたが、清四郎は無視するように足早に通り過ぎた。

犬目宿を過ぎると、郡内の道中筋ではもっとも標高の高い、犬目峠にさしかかる。この峠からの富士山の眺望は絶景で、葛飾北斎《かつしかほくさい》が「富嶽《ふがく》三十六景」の一つに描いた「甲州犬目峠」はあまりにも有名である。

犬目から下鳥沢《しもとりさわ》、上《かみ》鳥沢、猿橋《さるはし》と旅を重ね、大月宿に着いたのは暮七ツ（午後四時）ごろだった。

江戸から二十四里十二町余（約九十六キロ）、甲斐に入ってから九宿目に当たる大月宿は、桂川の谷盆地に位置する小さな宿場町である。

人口は三百七十三人。家数九十二戸、本陣一、脇本陣二。

旅籠屋はわずかに二軒しかなかった。一軒は『大黒屋《だいこくや》』の看板をかかげた二階建ての旅籠屋で、もう一軒は木賃宿ふうの小さな平屋建ての宿である。

清四郎は『大黒屋』の暖簾をくぐった。

「いらっしゃいまし」

帳場から四十がらみの小肥りの女が出てきて、濯《すす》ぎ盥《だらい》を差し出した。

埃《ほこり》まみれの草鞋を脱いで足を洗い、女に案内されて二階の部屋に入った。

六畳の角部屋である。東と南に窓があり、隣の部屋とは土壁で仕切られていた。

「お風呂がわいておりますので、どうぞ」

「うむ」

さっそく旅装を解いて浴衣に着替え、部屋を出ようとしたとき、ふいに階段を上ってくる足音が聞こえた。清四郎はとっさに体をひねって身を隠し、わずかに引き開けた障子の隙間から廊下を見た。

網代笠の武士が階段を上ってきた。

清四郎はハッと息を呑んだ。犬目宿の先の峰の茶屋の前で、清四郎に鋭い視線を送りつけてきた、あの大柄な武士だった。

障子の隙間から様子を見ていると、網代笠の武士はずかずかと足を踏み鳴らして、隣の部屋に入って行った。同時に、

「おう、どうだった?」

部屋の中から低い声がした。隣室に連れの二人の武士がいたのである。

「もう一軒の宿を当たってみたが、それらしい侍《さむらい》が泊まった様子はなかった」

「まだ大月には着いていないか」

「いまごろは花咲《はなさき》か黒野田《くろのだ》あたりかもしれんな」

「まさか、途中で見過ごしたのでは……」

「いや、それはあるまい」

別の声が否定した。

「ここまでの道中で侍の姿は一人も見かけなかったぞ」

「山の茶屋で見かけた浪人者はどうなのだ?」

「おぬし、まだあの男にこだわっているのか」

「どうも気になってな」

「あれは別人だ。室田さまの話によると、野上《のがみ》という男は三十七歳だそうだ。歳恰好がまるで違う」

（室田……！）

清四郎の顔に緊張が奔った。

「いずれにせよ、明日中には決着をつけたいものだな」

「ああ、早く仕事を片づけて、甲府でうまい酒でも呑もう」

「若い女をはべらしてな」

「旅の恥はかき捨てだ。久しぶりに腰が抜けるほど女を抱いてやるか」

「腰が抜けたら、上野原には帰れんぞ」

「そのときは、甲府に流連《いつづけ》を決め込むさ」

「それも悪くないな。はっははは」

三人の下卑《げび》た高笑いが、土壁越しに響いてきた。

〝室田〟、そして〝上野原〟、この二つの言葉から、三人の武士が谷村陣屋の手附元締め・室田外記の配下であることは、清四郎にも察しがついた。

問題は〝野上〟という男の素性である。三人のやり取りからすると、どうやら〝野上〟は甲府方面から東に下っているようだ。

（もしや、その男も甲府勤番士では……）

清四郎の目がきらりと光った。

# 第五章　刺客《しかく》

## 一

さらさらと水の流れる音が聞こえてくる。

真壁清四郎はふっと目を開けて、その音に耳を傾けた。

旅籠《はたご》屋の裏を流れる桂川の瀬音だった。

東の障子窓がほんのり明るんでいる。

蒲団《ふとん》を抜け出して、清四郎は手早く身支度《みじたく》をととのえた。隣の部屋の三人の武士はまだ眠っているようだ。土壁を透かして三人の高いびきが響いてくる。

清四郎は音を立てぬように、そっと障子を引き開けて廊下に出た。

一階に下りると、入口の戸が半分だけ開いていて、下働きの老人が土間を掃《は》いていた。

「おはようございます」

掃除の手を止めて、老人が頭を下げた。

「いま何刻ごろだ？」

「七ツ半（午前五時）ごろでございますが、……もう、お立ちになられるので？」

「ああ」

「少々お待ちくださいまし」

老人が清四郎の革草鞋《かわわらじ》を持ってきて土間にそろえた。

「花咲宿まではどれほどある？」

草鞋をはきながら、清四郎が訊いた。

「十二、三丁（約一・三キロメートル）ほどでございます」

「そうか。世話になった」

「お気をつけて」

老人に見送られて表に出た。

白い朝霧《ぎり》が宿場を包み込んでいる。どの家もひっそりと戸を閉ざしたまま、まだ眠りの中にいた。物音も人声も聞こえない、静謐《せいひつ》で清々《すがすが》しい朝だった。

宿場を出て西へ五、六丁行くと、道が二手に分かれていた。大月追分《おいわけ》である。

〈右・甲州道中〉

〈左・ふじみち〉

と記された道標《みちしるべ》が立っている。清四郎は右に進路をとった。

追分を過ぎてほどなく、前方に橋が見えた。桂川に架かる大月橋である。長さは三十四間（約六十一メートル）、高欄《こうらん》付きの立派な板橋である。

霧が晴れて、東の空から曙光《しょこう》が差してきた。

橋を渡れば、花咲宿はもう目の前である。街道の先に家並みが見えてきた。

花咲宿は二つの宿駅を合わせて一宿とした。いわゆる合宿《あいじゆく》で、東（江戸寄り）の宿場を下《しも》花咲、西（甲府寄り）の宿場を上《かみ》花咲といった。両宿合わせて人口は六百七十八人。家数百四十八戸。大月宿よりはるかに大きな宿場である。

つい半刻（約一時間）前に夜が明けたばかりだというのに、下花咲の宿場は、もう朝のあわただしい雰囲気に包まれていた。

旅籠屋や商家、雑貨、飲食を商う店などが早々と戸や窓を開け放ち、奉公人たちが忙しそうに商いの支度にとりかかっている。往来には早立ちの旅人や大きな葛籠《つづら》を背負った行商人の姿が散見できた。

清四郎は宿場の東はずれに小さな飯屋を見つけて足を踏み入れた。

「いらっしゃいまし」

薄暗い店の奥から、中年女が出てきた。身なりの粗末な小柄な女である。

店内には杉板に丸太の足をつけただけの卓が二つと、腰掛け代わりの空き樽《だる》が四つばかり並んでいる。百姓の女房が片手間にやっているという感じの小さな店だった。

「麦とろ飯をもらおうか」

「かしこまりました」

女は奥に去ったが、すぐに麦とろ飯と香の物を盆にのせて運んできた。

「つかぬことを訊《き》くが――」

麦とろ飯をかき込みながら、清四郎が訊いた。

「この宿場に旅籠屋は何軒ある？」

「下花咲に二十二軒、上花咲には十三軒ございます」

「合わせて三十五軒か」

「と申しましても……」

女は、清四郎が宿を探していると思ったのだろう。笑みを浮かべながらいった。

「ほとんどは旅人《たびにん》宿や商人《あきんど》宿、木賃宿といった安宿ばかりでございますから。お武家さまがお泊まりになられるような、ちゃんとした宿はごくわずかでございますよ」

「わずか、というと……？」

「せいぜい七、八軒だと思います」

「下花咲には何軒ある？」

「三軒ございます。『井筒屋《いづつや》』さんと『藤野屋《ふじのや》』さん、それに『生駒屋《いこまや》』さん」

「その宿に侍《さむらい》はよく泊まるのか」

「しょっちゅうというわけではございませんが、お大名の行列がお通りになられるときに、お供のお侍さんがお泊まりになります」

参勤交代で甲州街道を通行するのは、信州の高島《たかしま》藩、高遠《たかとお》藩、飯田《いいだ》藩の三小藩だけである。東海道や中山道にくらべるときわめて少ない数だが、それでも行列が通過するときには宿場は大混雑し、本陣《ほんじん》や脇《わき》本陣に宿泊できない下級藩士たちが、一般の旅籠屋に分宿を余儀《よぎ》なくされたのである。

（その三軒に絞ってみるか）

清四郎は急いで麦とろ飯を平《たい》らげて店を出た。

通りに出てすぐに目についたのは、『井筒屋』と『藤野屋』の看板だった。

その二軒の旅籠屋で、〝野上〟という名の侍が泊まっていないかどうか訊《たず》ねてみたが、いずれも答えは「いいえ」だった。

三軒目の『生駒屋』は、宿場の中ほどにあった。

切妻《きりづま》造り、桟瓦《さんがわらぶ》葺きの二階屋で、見るからに格式の高そうな旅籠屋である。

紺の大暖簾《おおのれん》を分けて中に入ると、帳場から五十年配の小肥《こぶと》りの番頭が出てきて、

「いらっしゃいませ」

と丁重に頭を下げた。

「この旅籠に〝野上〟という侍は泊まっていないか」

「はい。お泊まりになっておりますが」

「部屋はどこだ？」

「失礼ですが、お武家さまは？」

番頭が不審そうな顔で訊《たず》ねた。

「真壁と申す。急ぎの用があるのだ。教えてくれ」

「は、はい。二階の梅の間でございます」

「上がらせてもらう」

番頭の返事も待たず、清四郎は革草鞋を脱いで式台に上がり、帳場の奥の階段を上って行った。梅の間は二階の廊下の突き当たりにあった。

「ごめん」

と声をかけて、障子を引き開けた。

朝食の膳に向かっていた武士が、箸《はし》を止めてびっくりしたように振り向いた。額《ひたい》が広く、眉《まゆ》の濃い、きりっと引き締まった面立《おもだ》ちの武士である。昨夜の三人連れの一人は、三十七歳だといっていたが、それよりやや老《ふ》けて見えた。

「突然のぶしつけ、ご容赦を」

清四郎は敷居ぎわに両手を突いて低頭した。

「貴殿は?」

不審な目で、武士が見返した。

「公儀大目付《こうぎおおめつけ》、真壁周防守の息子、真壁清四郎と申す者」

「公儀大目付……!」

武士は瞠目《どうもく》し、あわてて箸を膳の上に置いて向き直った。

「野上どのでござるな」

「は。……甲府勤番士《きんばんし》・野上源次郎《げんじろう》と申します」

武士も両手を突いて礼を返した。

清四郎はうしろ手で障子を閉めると、野上の前につっと膝《ひざ》を進め、

「中根数馬どのをご存じですな」

「はい。それがしの朋輩《ほうばい》にございますが……」

応えて、野上はハッとなった。

「もしや、真壁さまも、その件を？」

「中根どのが殺された数日後に、道中方同心《どうちゅうがたどうしん》の香月兵庫と申す者が、上野原宿で何者かに殺された。わたしが探っているのはその件でござる」

「道中方が……？」

「ご存じなかったか」

「初耳にございます」

「その二つの事件、どこかでつながっているのではないかと、わたしは見ているのだが……」

「いずれも、荒木の手の者の仕業《しわざ》やもしれませぬ」

「荒木？」

「荒木主膳《しゅぜん》。甲府勤番組頭でございます」

野上は朝食の膳をわきに押しやり、居住まいを正して語りはじめた。


かつての甲府は、徳川綱豊《つなとよ》（のちの六代将軍・家宣《いえのぶ》）や五代将軍綱吉《つなよし》の寵臣《ちょうしん》、柳沢吉保《やなぎさわよしやす》・吉里《よしさと》父子などが君臨《くんりん》していた大藩であったが、享保九年（一七二四）、天領拡充の企図《きと》のもとに幕府は甲斐一円を直轄《ちょっかつ》領とし、甲府勤番支配を置いてこれを統治した。

以来、二度と藩主を迎えることなく、明治維新まで甲府勤番制がつづいたのである。

甲府勤番の定員は追手《おうて》と山手《やまのて》の二名、禄高三千石の上級旗本が任ぜられた。

現在、追手の勤番支配は榊原長門守貞則《さかきばらながとのかみさだのり》、山手の勤番支配は永尾若狭守宗治《ながおわかさのかみむねはる》がつとめている。その下にはそれぞれ組頭二名、勤番士百名、与力十騎、同心五十名が配され、両勤番支配が隔月交代で政務に当たっていた。

野上源次郎は、山手の勤番支配に属する勤番士で、上役には松崎掃聞と荒木主膳の二人の組頭がいた。日ごろから折り合いの悪かったこの二人に、決定的な確《かく》執《しつ》が生じたのは昨年（天保十年）十二月に城下で発生した大火がきっかけだった。

火災後、幕府から復旧の費用として追手・山手両勤番支配に七千五百両ずつ、計一万五千両が下賜《かし》されたのだが、その金の使い途《みち》をめぐって松崎掃聞と荒木主膳が激しく対立したのである。

「復旧に必要な物資は、あまねく府中の業者から購入すべきだ」

というのが松崎の主張で、一方の荒木主膳は、

「一業者からまとめて買い上げれば、単価も安く、効率的だ」

と主張してゆずらず、議論は平行線をたどったが、最終的に断を下したのは勤番支配の永尾若狭守だった。荒木のいい分を「是《ぜ》」としたのである。それを受けて荒木は、上野原の川船回漕問屋『相模屋』から四千両分の木材を買い上げたのだが……、

「しかし」

と野上が苦い声でつづける。

「買い上げた木材を府中の材木商に値踏みさせたところ、高く見積もってもせい

ぜい三千両が上限だろうと……。つまり、一千両がどこかに消えたことになるのです」

「なるほど……」

清四郎は深くうなずいた。

明らかにこれは木材の取り引きを装《よそお》った公金横領事件である。

「その金の流れを調べるために、中根数馬どのを上野原に差し向けた、ということでござるな」

「御意《ぎょい》にございます」

それを察知した荒木が刺客《しかく》を放って中根数馬を殺害し、さらにはその事件を追っていた道中方の香月兵庫をも闇《やみ》に屠《ほふ》った、と考えれば何もかも平仄《ひょうそく》が合う。

「松崎さまが申されるには」

野上がやや声を落としていった。

「ご支配の永尾若狭守さまも一枚噛《か》んでいるのではないかと……」

清四郎も同じ疑念を抱いていた。荒木の不正取り引きを許したのは、ほかならぬ永尾若狭守である。二人の間に暗黙の了解があったであろうことは、想像にかたくない。

とはいえ、松崎掃聞一人の力で、この大がかりな不正を暴《あば》くには限界があった。現に中根数馬は荒木一派に殺されている。再度密偵《みってい》を放ったとしても同じ轍《てつ》を踏むだけである。

「それで松崎さまは……」

野上が語を継ぐ。

「この一件を公儀に上訴して、評定所《ひょうじょうしょ》のご詮議《せんぎ》を仰《あお》ごうと、……それがしに密使の大役をおおせつけられたのでございます」

「野上どの」

険《けわ》しい表情で、清四郎が見返した。

「江戸行きはやめたほうがいい」

「え？」

「谷村陣屋の手附元締め・室田外記の配下の者が三人、貴殿の命をねらっている」

「陣屋の手附元締めが！」

野上は愕然《がくぜん》と息を呑《の》み、

「で、その三人は、いま……？」

「そろそろ大月宿を出て、こちらに向かうところでござろう。中根どのの二の舞いにならぬうちに、いったん甲府へもどられたほうが……」

「しかし」

と逡巡《しゅんじゅん》する野上へ、

「甲府まで、わたしも同道いたそう」

「真壁さまも？」

「乗りかかった船だ。ここで降りるわけにはまいりますまい」

清四郎は笑って見せた。その笑顔に安堵《あんど》したのか、

「お心遣い、かたじけのうございます」

と礼をいって立ち上がり、野上は手早く身支度をととのえはじめた。

二

下花咲宿を出ると、街道はまた険しい山道となり、左手に見えていた桂川の流れも次第に深い渓谷に飲み込まれていった。

初狩《はつかり》、白野《しらの》、阿弥陀海道《あみだかいどう》をへて、笹子峠の登り口に当たる黒野田宿《くろのだじゅく》にさしかか

ったのは昼少し前だった。

笹子峠は、郡内と国中を分かつ標高千九十六メートルの峠で、東麓の黒野田から西麓の駒飼《こまがい》に至るまで上り下りの峻険《しゅんけん》な山道が二里五丁余（約八・四キロメートル）つづいている。

甲州道中最大の難所であった。

峠の手前十丁ほどのところに杉の古木が立っていた。

矢壺村の道祖神の林の中で見た老杉《ろうさん》より層倍太く、樹高の高い巨木である。

その昔、戦に出陣する武士たちが、この杉に矢を射立《いた》てて山の神に武運を祈ったという伝説から、「矢立ての杉」と呼ばれている。

「空模様が怪しくなってきましたな」

峠道を登りはじめたところで、野上が編笠を押し上げて上空を見上げた。

西の空に黒雲がわき立っている。

風も立ちはじめ、周囲の樹木がざわざわと騒ぎ出した。

「急ぎましょう」

編笠の顎紐《あごひも》を締め直して、野上は足を早めた。

五丁も歩かぬうちに空が急に暗くなり、大粒の雨が落ちてきた。

「あの小屋で雨宿りしましょうか」

野上が前方を指さした。峠道の右手に木こり小屋が建っている。

二人はその小屋に駆け込んだ。小屋といっても、四方の板壁は腐れ落ちて、板葺き屋根と四本の丸太の柱だけが残っている。ほとんど吹きさらしに近い小屋だったが、かろうじて雨だけはしのげた。

「ちょうどよい。ここで中食《ちゆうじき》といたそう」

清四郎は小屋のすみに積まれた粗朶《そだ》の束の上に腰を下ろし、襷《たすき》がけに背負っていた風呂敷包みをはずして包みを開いた。中には竹の皮に包んだにぎり飯が入っていた。旅籠屋を出るときに女中に頼んで作らせたものである。

次第に雨脚が強まり、またたく間に土砂《どしゃ》降りの雨になった。

峠道を茶褐《ちゃかっしょく》色の雨水が川のように流れてゆく。小屋の中にも容赦なく雨が吹き込んできた。清四郎も野上も袴《はかま》の裾がびしょ濡れである。

半刻ほどして、雨はやや小降りになった。清四郎は小屋を出て西の空を仰ぎ見た。山の端《は》の空がかすかに明るみ、黒雲の切れ間に青空がのぞいている。

「だいぶ小降りになった。野上どの、まいろうか」

と塗笠をかぶって歩を踏み出したときである。ふいに、

「真壁さま！」

野上が低く叫んで、一方に目をやった。

小雨に煙《けぶ》る峠道を、網代笠をかぶった旅装の武士が三人、小走りに登ってくる。大月宿の旅籠屋『大黒屋』に泊まっていた例の三人連れだった。

清四郎は反射的に刀の柄《つか》に手をかけて身構えた。

泥水をはね上げて、三人の武士が小屋の前に駆け寄ってきた。

「あの浪人者、山の茶屋にいた男だぞ！」

怒声《どせい》を張り上げたのは、肩の肉の盛り上がった大柄な武士だった。

「室田の飼い犬どもか」

清四郎が塗笠の下から三人を睨《ね》め廻し、挑発するようにいい放った。

「き、貴様、なぜそれを！」

大柄な武士がわめくのへ、年長らしいもう一人の武士が、

「問答無用だ。二人とも斬り捨てい」

二人に下知《げじ》して刀を抜き放った。

清四郎は野上をかばうように、三人の前に立ちはだかった。

三人の武士が刀を中段に構えて、半円に二人を取り囲んだ。いずれもかなりの

手練《てだれ》と見えた。足をすりながら、じりじりと間合いを詰めてくる。

雨はまだ潸々《さんさん》と降りつづいている。

清四郎は刀の柄に手をかけたまま微動だにしない。

だが……。

よく見ると、両手の指がかすかに動いていた。指先だけを巧《たく》みに使って刀の下げ緒をほどき、それを鍔《つば》の穴に差し込み、柄をにぎった右手に巻き付けているのである。

滑り止めの備えだった。これを「手抜《たぬ》き緒」という。

三人の包囲の輪が縮まっていた。間合いはおよそ二間。

塗笠の下の清四郎の目が動いた。

大柄な武士が一歩間合いを詰め、刀を上段に振りかぶった、かに見えた瞬間、

「ええい！」

鋭《するど》い気合を発して斬《き》りかかってきた。ほとんど同時に清四郎の刀が鞘《さや》走り、打ち下ろしてきた刀を下からすくい上げた。

キーン！

鋼《はがね》の響《とよめ》きとともに、武士の刀が両手を滑り抜けて、高々と宙に舞った。

だが、清四郎の刀はしっかりと右手ににぎられていた。

「手抜き緒」の備えが両者の明暗を分けたのである。

刀を失って棒立ちになっている武士を袈裟《けさ》がけに斬り倒すと、清四郎はすぐに体を反転させ、右から斬り込んできたもう一人を真《ま》っ向唐竹割《こうからたけわ》りに斬り伏せた。

「真壁さま！」

野上が叫声《きょうせい》を発した。振り向くと同時に斬撃がきた。

しゃっ。

雨すだれを切って、刀が振り下ろされた。清四郎は横っ跳びにそれをかわした。

刀が空《くう》を切り、武士はぬかるみに足を滑らせた。

間髪《かんはつ》を容《い》れず、清四郎は刀を横に払った。

武士の脇腹がざっくりと裂《さ》けて、凄《すさ》まじい勢いで噴き上がった血が、雨に混じって峠道に降り散った。さながら赤い雨だった。

ばしゃっと泥水をはね上げて、武士は前のめりに倒れ込んだ。

降りしきる雨が、死体から流れ出る血を、たちまち洗い流していった。

清四郎は「手抜き緒」をほどいて刀を鞘に納め、背後を振り返った。

野上が茫然自失《ぼうぜんじしつ》の体《てい》で立ちすくんでいる。清四郎が二人の武士と斬り合っている間に、野上も別の武士と斬りむすんでいたのだろう。右手に抜き身の刀を下げている。

「怪我はござらぬか」

「は、はい」

我に返って、野上は刀を鞘に納めると、上空を仰ぎ見て安堵したようにいった。

「もうじき雨もやむでしょう。まいりましょうか」

笹子峠を越えたころには雨も上がり、ふたたび夏の暑い陽差《ひざ》しがもどって来た。

足元からむっとするような暑気がわき立ってくる。

気が遠くなるような暑さである。

乾きかけた衣服が、噴き出す汗でまた濡れはじめた。

さすがに清四郎と野上の脚にも疲れが見えはじめた。上体をやや前傾にして、自分の影を追うように黙々と歩きつづけた。

峠の西麓から笹子川に沿って山道を下り、国中最初の宿場・駒飼宿《こまがいじゅく》に入ったのは、九ツ半（午後一時）ごろだった。

「今日中に甲府に着けるかな」

駒飼宿を出たところで、清四郎がつぶやくようにいった。

「休みを取らずに歩き通せば、夕刻までには着くでしょう」

「野上どの、疲れてはおらぬか」

「いえ、足にはいささか自信がございますので、ご心配にはおよびませぬ」

「では、休まずにまいろう」

二人は足を早めて鶴瀬宿《つるせじゅく》に向かった。

鶴瀬宿から横吹《よこぶき》宿、勝沼《かつぬま》宿へと歩を進めると、それまで上り下りの険路《けんろ》がつづいた街道は一変して、平坦で道幅の広い真《ま》っ直《す》ぐな道になった。

街道の左右には、たわわに実をつけた葡萄棚《ぶどうだな》が広がっている。

〈勝沼や馬士《まご》は葡萄を喰《く》ひながら〉

これは江戸中期の俳人・松木蓮之《まつきれんし》の句だが、この時代の甲州道中の紀行にも、決まって葡萄のことが記されている。それほど勝沼の葡萄は名高かったのだろう。

勝沼から甲府までのおよそ四里（約十六キロ）の道程を、二人は休みなく歩きつづけ、暮七ツ半（午後五時）ごろ甲府城下に入った。

（ほう、ここが甲斐の都か……）

はじめて見る甲府の町に、清四郎は目を見張った。

江戸を彷彿《ほうふつ》とさせる賑《にぎ》やかな人の往来。そして碁盤《ごばん》目に整然と区画された町並み。

何もかもが清四郎の目には新鮮に映った。

甲府の城下町は、上府中《かみふちゅう》二十六町と下府中《しもふちゅう》二十三町の町人地で形成されている。

下府中には鍛冶《かじ》屋、桶《おけ》屋。上府中には紺屋、畳屋、細工師、大工などの職人町があり、それにつづく八日町《ようかまち》には「札《ふだ》の辻《つじ》」と呼ばれる高札場《こうさつば》があった。

高札場の周辺は、呉服屋や薬種屋、紙問屋、塩問屋、穀物問屋などの大店が櫛《しっ》比《び》する商業の中心地である。八日町を過ぎると江戸から三十五里二十五町余（約百四十キロ）に当たる甲州街道最大の宿駅・甲府柳町《やなぎまち》に出る。

府中の伝馬町といわれる甲府柳町は、飯盛《めしもり》旅籠屋や料亭、料理茶屋、小料理屋、居酒屋などが軒《のき》をつらねる城下屈指《くっし》の繁華街でもあった。

野上に案内されたのは、柳町の西はずれにある『甲州屋』という旅籠屋だった。この旅籠屋は一日に三回、江戸へ手紙を運ぶ「江戸三度飛脚《びきゃく》」の問屋を兼ねた宿で、公用で江戸と甲府を行き来する幕府の役人なども頻繁《ひんぱん》に利用するという。

「ようこそおいでくださいました」

二人を丁重に迎え入れたのは、五十年配のあるじ・藤兵衛《とうべえ》だった。野上と藤兵衛はかねてからの顔なじみのようで、一言ふた言、小声で言葉を交《か》わし合うと、

「どうぞ、こちらへ」

と藤兵衛が二人を奥に案内した。

通されたのは中庭に面した離れだった。野上から事情を聞いて、特別に用意したのだろう。八畳に四畳半の次の間がついた数寄屋《すきや》造りの部屋である。

「ただいま、お茶の支度をさせますので」

藤兵衛が立ち去ると、清四郎は部屋の中を見廻しながら、

「贅沢《ぜいたく》な宿だな、ここは」

感嘆《かんたん》するようにつぶやいた。

「お気に召《め》されましたか」

「過分《かぶん》な持てなし、かたじけない」

「どういたしまして。……では、手前はこれにて」

「屋敷に帰られるのか?」

「いえ、松崎さまのお組屋敷に立ち寄り、これまでのいきさつをご説明申し上げようかと。……明朝、あらためてご挨拶《あいさつ》に参上したいと存じますが」

「松崎どのもお見えになられるのか」

「はい。ご都合のよろしい時刻は?」

「早いほうがよかろう。五ツ半(午前九時)はいかがかな?」

「かしこまりました。……では」

一礼して、野上は退出した。

三

松崎掃聞の組屋敷は、柳町からほど近い二ノ堀の内郭《うちぐるわ》にあった。

ここには百四十の武家屋敷があり、さらに郊外に侍屋敷二百二十五、役人屋敷六十、同心組屋敷百、小人組屋敷十四、足軽屋敷六百二十七、合計千百六十六屋敷が配置されていた。こうした武家地の大半は柳沢吉保・吉里父子の時代に整備されたものである。

勤番組頭の家禄《かろく》は二百俵高、役料は三百俵。

敷地五百坪の広い屋敷に妻子や用人《ようにん》、足軽、小者など七、八人が暮らしていた。

野上が松崎の組屋敷の冠木《かぶき》門をくぐろうとしたとき、城を下がってきた松崎掃間とばったり出食わした。

「野上ではないか」

歳は四十五、六。細面《ほそおもて》で鼻梁《びりょう》が高く、人品骨柄《じんぴんこつがら》卑《いや》しからざる風貌《ふうぼう》をしている。

「松崎さま」

野上が編笠をはずして頭を下げた。

「道中、何かあったのか？」

「実は……」

といいさすのへ、

「酒でも酌《く》み交わしながら、ゆっくり聞こう」

穏やかな声でそういうと、松崎はゆったりと背を返して歩き出した。

その様子を築地塀《ついじべい》の角に身をひそめて、じっとうかがっていた男がいたことに、二人はまったく気づいていなかった。

実はこの男、松崎の動向を探るために荒木主膳が放った密偵《みってい》だった。

四半刻後、松崎と野上は八日町の盛り場にある、松崎の行きつけの小料理屋『卯月《うづき》』の二階座敷で酒を酌み交わしていた。

「公儀大目付のご子息が……?」

野上から事情を聞いた松崎は、意外そうな表情でつぶやいた。

「中根が殺された数日後、道中方の香月という同心が上野原で殺されたそうで。真壁さまはその二つの事件を探っていたのです」

「荒木と『相模屋』の不正取り引きの件、真壁さまにお話ししたのか」

「はい。それでわざわざ甲府までお運びになられたのです」

「そうか。それは願ってもないことだ」

松崎の顔に笑みがこぼれた。

「真壁さまが味方についてくだされば、これほど心強いことはない」

「真壁さまのおかげで、手前も命拾《びろ》いをいたしました」

「命拾い?」

「室田外記の三人の刺客に命をねらわれまして」

「室田？　と申すと……」

「谷村陣屋の手附元締めでございます」

「なんと……！」

松崎は驚愕《きょうがく》した。

「荒木は陣屋にまで手を廻していたか」

「危うく中根の二の舞いになるところでございました」

「それで、三人の刺客はどうなった？」

「笹子峠で真壁さまがことごとく返り討ちに……」

「それはいつのことだ？」

「今日の昼ごろでございます」

「とすると、荒木の耳にはまだ入っておらんな」

「早くとも一両日はかかりましょう」

「野上、明日にでも真壁さまに引き会わせてもらえぬか」

「そのつもりで段取りをつけてまいりました。明朝、柳町の旅籠屋『甲州屋』におこし願いたいのですが」

「『甲州屋』にお泊まりか。時刻は?」

「五ツ半でございます」

「心得た」

「手前がお組屋敷にお迎えに上がりますので」

「うむ。……手間をかけさせて相済まぬが、よろしく頼む」

野上の労をねぎらうように、松崎は酒を注いだ。

それから小半刻ほど雑談をしたのち、二人は『卯月』を出た。

表にはもう夜の帳《とばり》が下りていて、八日町の小路《こうじ》は五彩の明かりにあふれていた。

小路のそこかしこに、酔った足取りの人影が絶え間なく行き交っている。

鉤型《かぎ》に曲がりくねった道を抜けて、二人は二ノ堀の堀端通りに出た。

盛り場から離れたこのあたりは、人通りもほとんどなく、どこか遠くで三味線《しゃみせん》を爪弾《つまび》く音が、夜のしじまをかすかに震わせていた。

満天の星明かりが道を白く照らし出している。

二ノ堀の水面《みなも》を渡ってくる夜風が、ほろ酔いの二人の頬を心地よく撫《な》でていった。

郭内に通じる木橋にさしかかったとき、前方の闇におぼろげな人影が浮かび立った。

やがて、その影が星明かりの中にくっきりと姿を現わした。

がっしりした体つきの浪人体の男である。

異様なことに、その浪人者は夜間にもかかわらず、深々と網代笠をかぶっていた。

松崎と野上は思わず足をゆるめて、浪人者に不審な目を向けた。

足早に近づいてきた浪人者が、二人の前ではたと足を止め、

「勤番組頭、松崎掃間どのとお見受けしたが」

網代笠の下から声をかけてきた。くぐもった陰気な声である。

「いかにも。……お手前は？」

「名乗るほどの者ではござらぬ」

いうなり、浪人者は刀を鞘走らせた。

「く、曲者《くせもの》ッ！」

叫ぶと同時に、野上も抜刀した。が、一瞬速く、浪人者の刀が凄まじい勢いで振り下ろされた。斬るというより、叩きつけるような一刀である。

ガツッ！

鈍《にぶ》い音がして、野上の顔面が染まった。

眉間《みけん》から顎《あご》にかけて石榴《ざくろ》のように裂け目が走り、おびただしい血が噴き出した。

野上の上体がぐらりと揺らぎ、仰向《あおむ》けに二ノ堀に転落していった。

ざぶんと水音が立ち、堀の水面に無数の血泡がわき立った。

「おのれ！」

松崎が抜刀し、網代笠の浪人に突進した。が、そこに浪人者の姿はなかった。片膝をついて身を沈め、紙一重の差で松崎の斬撃をかわしたのである。

松崎の刀が虚《むな》しく空《くう》を切った。浪人者は身を屈したまま、左下から斜め上に刀を薙《な》ぎ上げた。右手一本の片手斬りだった。

松崎の喉《のど》元から糸を引くように血がほとばしった。

どさっと音を立てて松崎の体が崩れ落ちたときには、もう浪人者は刀を鞘に納め、背を返して歩き出していた。

それから四半刻後――。

弦歌《げんか》さんざめく山田町《ようだまち》の雑踏《ざっとう》の中に、網代笠をかぶった浪人者の姿があった。

この町も柳町や八日町と並ぶ甲府屈指《くっし》の繁華街である。

通りの両側には酒食を商う大小の店が建ち並び、厚化粧の女や一杯機嫌の嫖《ひょう》客《きゃく》たちがひっきりなしに行き交っている。

以前、この町は伊勢町《いせまち》と呼ばれていたが、柳沢吉里が甲府城に入ったさい、吉里の官名「伊勢守」に遠慮して、伊勢国の山田をとって町名とし、これを「ようだまち」と呼ぶようになったという。

網代笠の浪人者は、盛り場のはずれの料亭の前で足を止めた。

軒行灯《のきあんどん》に『扇屋《おうぎや》』の屋号が記されている。格子戸を開けて中に入ると、

「お帰りなさいまし」

奥から中年増《ちゅうどしま》の仲居が愛想《あいそ》笑いを浮かべて出てきた。浪人者はそれを無視して奥の階段をずかずかと上って行き、二階の座敷の襖を引き開けた。

「おう、ご苦労でござった」

振り向いたのは、四十半《なか》ばと見える四角張った顔の武士——荒木主膳だった。

顔の大きさに比べて目が異常に細く、見るからに狡猾《こうかつ》そうな面構《つらがま》えをしている。

浪人者は荒木の前にどかりと腰を下ろすと、おもむろに網代笠をはずした。

笠の下から現われた顔は、意外にも柄戸仙十郎であった。

「で、首尾《しゅび》は？」

荒木が猪口《ちょこ》に酒を注《つ》ぎながら訊いた。

「抜かりはござらぬ」

無表情に応えて、仙十郎は猪口の酒をぐびりと呑み干した。

「ふっふふ……」

荒木の口からふくみ笑いが洩れた。

「これで邪魔者はすべて消えたというわけだ。まずは重畳《ちょうじょう》、重畳」

「手前の仕事もこれで終わりでござる。そろそろ暇《いとま》したいのだが」

「暇？　……」

「思うところがござって、明日にはここを立とうかと」

「甲府を出てどちらへ？」

「江戸にもどるつもりでござる」

「それは、また急な……」

荒木は意味ありげに笑って、

「江戸に何か未練でも残して来なすったか」

「ご想像におまかせする」

仙十郎は軽くいなし、

「ついては約束の金をいただきたいのだが」

「そうでござったな。今夜の分を上乗せして、百二十でいかがかな?」

「異存《いぞん》はござらぬ」

「では、明朝、使いの者に」

「かたじけない」

仙十郎は頭を下げた。

「さて、それがしも、ぼちぼち……」

荒木が腰を上げ、

「今宵《こよい》はゆるりとお休みくだされ」

いい置いて、座敷を出て行った。

一階に降りると、供の小者が玄関で待ち受けていた。先刻、松崎と野上の動きを見張っていたあの密偵である。荒木は無言で小者をうながして『扇屋』を出た。

「亥蔵《いぞう》」

盛り場の小路を歩きながら、荒木が提灯《ちょうちん》を下げて先を行く小者に声をかけた。

「はい」

「しかと見定めてきたか」

「はい。二人とも一太刀でございました」

亥蔵と呼ばれた小者は、仙十郎が松崎と野上を斬るところを目撃してきたのである。

「見事な、というより恐るべき遣《つか》い手にございます」

「百二十両の価値はあったか」

「それは、もう……」

「柄戸は明日のうちに甲府を立つと申している。明朝、金を届けてやってくれ」

「かしこまりました」

「それにしても……」

盛り場の小路を出たところで、荒木がふと眉を曇らせてつぶやいた。

「どうも腑《ふ》に落ちんな」

「何がでございますか」

「野上はなぜ江戸行きをやめて、途中で引き返してきたのだ？」

「どこかで勘づいたのではないでしょうか」

「うむ」

「それとも室田さまが放った刺客がし損じたか」

「いや、それはあるまい」

荒木は言下《げんか》に否定した。

「中根を仕留めた連中が、野上ごときをし損じるとは思えぬ」

「何か不測《ふそく》の事態でも出来《しゆったい》したのでは」

「いずれ室田どのから知らせが届くであろう。それを待つしかあるまいな」

釈然とせぬ面持《おもも》ちで、荒木は歩を速めた。

四

清四郎がちょうど朝食を食べおえたとき、渡り廊下にあわただしい足音が響いて、

「真壁さま！」

あるじの藤兵衛が血相《けっそう》変えて飛び込んできた。

「大変なことになりました」

「何事だ？」

「昨夜、松崎さまと野上さまが二ノ堀の堀端で何者かに殺されたそうでございます」

「まさか！」

清四郎の顔が凍《こお》りついた。

「ま、まことか、それは」

「はい」

うなずいて、藤兵衛は両膝を突き、声を震わせながらいった。

「勤番所のお役人の話によりますと、お二人とも一太刀で斬られていたそうでございます。酷《むご》いことに野上さまは顔を真っ二つに叩き割られ、人相もわからぬほどの無惨《むざん》なお姿だったとか」

「顔を真っ二つに……！」

清四郎の脳裏《のうり》に、柄戸仙十郎の名がよぎった。柄戸は清四郎が江戸を立つ前日に甲府に向かった。清四郎は途中で佐吉の事件に巻き込まれて寄り道をしてしまったが、柄戸は遅くとも二日前には甲府に着いているはずである。

その柄戸に荒木一派が何らかの伝《つて》を使って接触し、金で松崎と野上の殺しを依頼したと考えれば、話のつじつまは合う。

「――甲州屋」

「はい」

「荒木の組屋敷はどこだ？」

「二ノ堀の東の内郭でございます」

「済まんが、地図を描いてもらえぬか」

「かしこまりました」

藤兵衛が部屋を出て行くと、清四郎はすぐさま身支度に取りかかった。野袴をはき、黒の手甲《てっこう》をつけ、大小を腰に差して離れを出た。

帳場で藤兵衛から地図を受け取ると、清四郎は『甲州屋』をあとにして二ノ堀通りに向かった。ほどなく内郭に通じる木橋にさしかかった。

すでに勤番所の役人たちの手で松崎と野上の死体は運び去られ、凶行《きょうこう》の痕跡《こんせき》もきれいに処理されていた。

昨夜の凄惨《せいさん》な事件が嘘のように平穏な静けさがあたりを領している。

清四郎はやり場のない怒りを胸に秘めながら木橋を渡った。

二ノ堀の東に位置する内郭は、南北四筋、東西六筋の街路で碁盤目に区画され、道に沿って勤番士たちの組屋敷が整然と建ち並んでいた。

荒木主膳の組屋敷は、松崎の組屋敷から一丁も離れていない小路の角にあった。

清四郎は道をへだてた空き地の楓《かえで》の木陰に身をひそめて、荒木の組屋敷の門前に視線を張りつけた。出仕《しゅつし》の時刻にはまだ早いせいか、路上に勤番士の姿はなかった。

張り込んでから四半刻もたたぬうちに、屋敷の門前に動きがあった。

冠木門が音もなく開いて、浅葱《あさぎ》色の袱紗《ふくさ》包みを下げた小者ふうの男が、こっそりと姿を現わしたのである。荒木の密偵・亥蔵だった。清四郎は楓の木の陰からゆっくり歩を踏み出し、何食わぬ顔で亥蔵のあとをつけはじめた。

亥蔵が向かったのは、山田町の料亭『扇屋』だった。

(こんな朝早く、料亭に何の用があるのだ?)

近くの路地角に立って不審そうに様子を見ていると、ほどなく亥蔵が出てきて、足早に去って行った。右手に下げていた袱紗包みは消えていた。

(あの包みは届け物か……?)

清四郎の顔に緊張が奔《はし》った。

『扇屋』の格子戸がからりと開き、女の声が聞こえた。

「ありがとうございました。お気をつけて」

女の声に送られて姿を現わしたのは、網代笠をまぶかにかぶった肩幅の広い、がっしりした体つきの浪人者、柄戸仙十郎だった。

胸元から浅葱色の袱紗の端がちらりとのぞいている。

柄戸だ！

清四郎は直観し、反射的に身を引いた。道に出た仙十郎は、網代笠の下から素早く左右を見渡して歩き出した。速い足取りだった。

清四郎はすかさず路地角から飛び出して仙十郎のあとを追った。

仕事先に向かう職人ふうの男や商家の奉公人らしき男たちが、ちらほらと行き交っているが、二人に気を留める者は誰もいなかった。

広い道に出た。

道の両側に広がる町屋は金手《かねんて》町《ちょう》である。この町の先で道が直角に東に曲がることから、曲尺《かねじゃく》の形にたとえてその町名になったという。

金手町を抜けると、道は上一条、下一条、和田平《わだひら》と真っ直ぐ東に延《の》び、城下はずれの城屋町《じょうやまち》に出る。ここから先がいわゆる江戸道である。

仙十郎はあいかわらず速い足取りで、東に向かって歩いている。そのうしろ姿を視界にとらえながら、清四郎はつかず離れず尾行をつづけた。

やがて城下の家並みがつきて、周囲の景色が一変した。

緑の大海原。

浮島のように点在する林と森。

そして、はるか彼方につらなる甲斐の山々。

昨日の夕刻、甲府に入る直前に清四郎はこの景色を見ている。

なぜかほっとするような、懐《なつ》かしい風景だった。

と、そのとき、ふいに清四郎の視界から仙十郎の姿が消えた。

思わず足を止めて街道の左右を見廻した。

左には蔬菜《そさい》畑が広がり、右手に雑木林が見えた。

姿を消すとすれば、右の雑木林しかない。清四郎はあわてて走り出した。

林の中へ、細い道がつづいていた。

(小用でも足しに行ったか)

と思いながら、清四郎は用心深く林の中に足を踏み入れた。

小道の奥に古い小さな地蔵堂《じぞうどう》が建っていた。飢饉《ききん》に苦しんだ地元の百姓たちが、やむなく間引きした子供を供養するために建てた堂であろう。

堂の周囲には小さな石地蔵が数十体、身を寄せ合うように立っている。

「わしをつけて来たのか」

突然、野太い声がひびいた。清四郎はぎょっとなって立ちすくんだ。

地蔵堂の陰から、仙十郎がうっそりと姿を現わした。

「柄戸仙十郎だな」

清四郎が誰何《すいか》した。

「なぜ、それを？」

「江戸から貴様のあとを追って来た」

「ほう」

網代笠で表情は読み取れないが、その声に動じる気配は微塵《みじん》もなかった。

「貴様、公儀の犬か」

「何とでも呼ぶがいい」

「わしをどうするつもりだ」

「斬る」

ふっ、と仙十郎は鼻を鳴らした。

「威勢がいいな、若僧」

「江戸で五人、甲府で二人……」

いいながら、清四郎は五本の指を突き出した。

「貴様は七人の罪なき命を奪った。どのみち死罪は免《まぬか》れんだろう」

「そこまで調べがついているか」

「………」

「よかろう。斬りたければ、斬れ」

仙十郎は挑発するように両手を下げて、一歩また一歩と詰め寄ってくる。

清四郎の右手が刀の柄にかかった。

仙十郎が抜刀し、切っ先を正眼《せいがん》につけた。その構えに自信と気迫がみなぎっている。

清四郎は左足《さそく》を引いて、わずかに腰を沈めた。居合の構えである。仙十郎が顔面をねらって「先《せん》の先」を打って来るのはわかっていた。問題は、

(いつ来るか)

である。その間合いを見切れるかどうかに、勝敗の帰趨《きすう》がかかっていた。

長い対峙《たいじ》に入った。

仙十郎の刀は正眼につけたままぴくりとも動かない。

清四郎も左足を引いて半身に構えたまま、微動だにしなかった。

朝露《つゆ》に濡れた草葉が、木洩《こも》れ陽《び》を反射《はね》てきらきらと輝いている。

刻一刻、静寂な時が流れてゆく。

だが、この静かな対峙の中で、両者の闘いはすでにはじまっていた。

互いの気と気が激しくぶつかり合い、火花を散らしていたのである。

仙十郎の右足《うそく》が動いた。足をすりながら右廻りに間合いを詰めてくる。

それに呼応して、清四郎も左に足をすった。

一足一刀《いっそくいっとう》の間合いに入った瞬間、

（来る！）

清四郎の心眼《しんがん》が仙十郎の気をとらえた。

はっ！

無声の気合とともに、仙十郎が地を蹴り、上段に振りかぶった刀を清四郎の顔面めがけて凄まじい勢いで振り下ろして来た。余人《よじん》にはとうていかわし切れぬ速さだった。

清四郎自身、それをどうかわしたか覚えていない。

跳び違いざま、抜刀していた。

ばさっと音がして、塗笠に裂け目が走り、切っ先が清四郎の眉間をかすめた。

両者の体が虚空で交差し、一間の距離を跳んで着地した。

清四郎はすぐさま体をひねって身構えた。が、次の斬撃は来なかった。

仙十郎は背を向けたまま岩のように硬直していた。地面に突き刺さった刀がかろうじて体を支えている。そんな恰好だった。

「や、やるな……、若僧」

仙十郎がうめくようにいった。

清四郎は無言で刀を鞘に納めた。とどめを刺す必要はなかった。仙十郎の脇腹からおびただしい血が流れ出し、袴を伝《つた》って地面に血溜まりを作っている。

「一つだけ教えてくれ」

清四郎がいった。

「江戸の殺しは、誰の差し金だったのだ？」

「わしが……、それをいうと思うか……」

「この期《ご》におよんで、まだ庇《かば》い立てするつもりか」

「し、仕事の約定《やくじょう》は、死んでも守る。……それが、わしの矜持《きょうじ》だ」

「下らぬ矜持だな」

「き、貴様のような若僧に……、わしの生き方が……」

そこで声が途切れ、どさっと音を立てて顔から地面に倒れ伏した。はずみでふところから浅葱色の袱紗包みが転げ落ち、包みの中の小判が地面に散乱した。

「その金が殺しの報酬か」

清四郎は冷然と見下ろした。

「わ、若僧」

あえぎながら、仙十郎が気力を振り絞って清四郎を見上げた。

「こ、この金を……、深川の水茶屋『遊喜楼』の、お夕という女に……」

いい終わらぬうちに、仙十郎はがっくりと首を折って息絶えた。

ふうっ……。

清四郎の口から大きな嘆息が洩れた。

ゆっくり膝を折り、地面に散らばった小判を拾いはじめた。

ざっと数えて百二十両。お夕という茶屋女を身請《みう》けするための金であることは、小宮山左門から聞いて知っていた。

皮肉なことに、仙十郎はその金を清四郎に託したのである。

——死んでも約定は守る。それがわしの矜持だ。

仙十郎の言葉が耳朶《じだ》によぎった。

この百二十両の金子は、お夕への矜持なのか。それとも恋情の証《あかし》なのか。

いまとなっては、清四郎にもわからなかった。

五

柳町の旅籠屋『甲州屋』にもどると、ちょうど泊まり客が出立する時刻にぶつかり、土間は大混雑していた。女中たちがあわただしく客の荷物を運んだり、下足番の老人が履物をそろえたり、てんてこ舞いの忙しさである。

その混雑をすり抜けて、清四郎は土間の隅の出口から渡り廊下に出ると、

「真壁さま」

あるじの藤兵衛が奥から出てきた。

「先ほど西尾さまという方がお見えになりまして」

「西尾？」

「離れでお待ちでございます。すぐお茶を運ばせますので」

といって、藤兵衛はせわしなげに去って行った。

清四郎は急いで離れに行き、部屋の障子を引き開けた。

部屋の奥に旅装の男がぽつねんと座っている。真壁家の足軽頭・西尾五兵衛だった。

「五兵衛！」

「お帰りなさいまし」

五兵衛が振り返って、深々と頭を下げた。

「なぜ、ここにいることがわかった？」

「上野原におられなければ、たぶん甲府のほうだろうと……」

「この旅籠屋を知ったのは？」

「甲府で一番の宿といえば、ここしかございませんので」

「なるほど」

苦笑しながら、清四郎は腰を下ろした。

「さすがに鼻が利《き》くな。いつ、着いたのだ？」

「つい今しがたでございます」

「何かわかったのか？」

「はい。思わぬところで、例の三件の殺しがつながりました」

「ほう」

清四郎が何かいいかけたとき、女中が茶を運んできた。「どうぞ」と茶盆を置いて女中が出て行くと、五兵衛は湯飲みを取って茶をすすりながら、

「話は五年前にさかのぼりますが」

訥々《とつとつ》と語りはじめた。

「神田佐久間町《さくまちょう》の材木商『辰巳屋《たつみや》』と勘定奉行所の役人が橋普請《ふしん》をめぐって不正を働きましてね」

「不正、というと？」

「『辰巳屋』が相場より高い金額で橋普請を請け負い、その見返りに勘定奉行所の役人に多額の賄賂《まいない》を渡していたのです」

「橋普請の請け負いは入札で決めることになっていたはずだが」

「その裏にきっと何かからくりがあったのでございましょう。結局、それが発覚しまして、『辰巳屋』は闕所《けっしょ》・所払《ところばら》い。勘定奉行所の役人はお役替えになったそうで」

その事件の探索に動いていたのが、徒士目付頭《かちめつけがしら》の早川平蔵で、早川に情報を提供したのが勘定吟味役《ぎんみやく》の秋元弥左衛門と『辰巳屋』の商売仇《がたき》『武蔵屋』惣右衛門だったという。

「つまり……」

五兵衛はまた茶をひとすすりした。

「不正を暴いた側の三人が殺されたということでございます」

「なるほど」

清四郎がぞろりと顎を撫《な》でた。

「確かに、それで話がつながったな」

「事件の黒幕は、お役替えになった勘定奉行所の役人か、所払いになった『辰巳屋』に相違ございません」

「その二人、いまはどうしているのだ？」

「役人は甲府に流されたそうでございます」

「甲府に？　……まさか」

清四郎の目が光った。

「荒木主膳という男ではあるまいな」

「ご推察のとおりで」

「やはり、そうか」

甲府勤番は、俗《ぞく》に「山流し」といわれ、不行跡《ふぎょうせき》や不祥事を起こした旗本・御家人が懲罰的な意味で甲府に送られたのである。これを「甲府勝手《がって》」といった。

のちに柳亭種彦《りゅうていたねひこ》の名で売れっ子戯作者《げさくしゃ》になった小十人小普請《こじゅうにんこぶしん》の高屋彦四郎《たかやひこしろう》は、幕府から甲府勤番を命ぜられたため、一家をあげて江戸を逃げ出したという逸話《いつわ》もある。

記録によれば、天保期に「甲府勝手」を申しつけられた旗本・御家人は年間二、三十人に上ったという。それだけ幕吏《ばくり》の綱紀《こうき》が乱れていたのだろう。

甲府に流される前の荒木は、家禄五百石、役料三百俵の旗本で、勘定吟味役という地位を利用して私腹を肥やし、乱行のかぎりをつくしていたという。

それがいまは家禄二百俵、役料三百俵の辺鄙《へんぴ》な山国暮らしである。

自分を貶《おとし》めた早川平蔵や朋輩の秋元弥左衛門、『武蔵屋』惣右衛門の三人に、荒木が根深い怨《うら》みを抱いていたとしても不思議はない。

「で、所払いになった『辰巳屋』は、その後どうなったのだ？」

清四郎が訊いた。

「いまは上野原宿の川船回漕問屋『相模屋』のあるじにおさまっております」

「『相模屋』！　……そうか。五兵衛、それで絵解きが出来たぞ」

『相模屋』幸右衛門に一揆煽動の濡《ぬ》れ衣《ぎぬ》を着せて処刑場に送ったのは、『相模屋』を乗っ取るために荒木主膳と『辰巳屋』仁左衛門、そして谷村陣屋の手附元締め・室田外記の三人が結託して仕掛けた陰謀だったのだ。

さらに荒木は、山手の勤番支配・永尾若狭守宗治を抱き込み、『相模屋』仁左衛門と手を組んで木材の不正取り引きに手を染めて巨額の金を私《わたくし》した。つまり、江戸在住時代の癒着構造を、そっくりそのまま甲府で再構築したのである。金に余裕の出来た荒木がまず考えたのが、五年前の復讐だった。何よりも柄戸仙十郎という希代《きたい》の殺し屋との出会いが、復讐を決意させたに違いない。

そこまで一気に語った清四郎は、茶盆の湯飲みを取ってごくりと飲み干し、

「ところで」

と五兵衛に目を向けた。

「そのこと、親父どのには話したのか？」

「はい。何もかもお話ししてまいりました」

「で、親父どのは何と申した？」

「清四郎さまにすべてお任せすると」

任せるといっても、無役の清四郎には荒木一派を裁く権限はない。父・清隆のいう「任せる」とは、すなわち「斬れ」という意味にほかならなかった。

「あ、そう、そう」

五兵衛がふと思い出したように、

「大事なことを忘れておりました」

「まだ何かあるのか？」

「谷村陣屋の手附元締め・室田外記と『相模屋』の仁左衛門が上野原を出てこちらに向かっております」

五兵衛はそれを見届けて、一足先にやって来たのである。

「甲府入りは今夕かと存じますが」

「今日の夕方か」

二人の目的は明らかだった。笹子峠で三人の刺客が殺された件。そして勘兵衛・繁蔵兄弟が殺された件。その二つの事件を荒木主膳に報告するためである。

「それはおあつらえ向きだ」

清四郎の目が獲物を視界にとらえた野獣のように爛々《らんらん》と光った。

# 第六章　斬奸剣《ざんかん》

一

昨日の昼ごろ、上野原宿を立った室田外記と『相模屋』仁左衛門は、甲府から半里（約二キロ）ほど離れた和戸村《わどむら》近くの街道を西へ向かって歩いていた。

室田は深編笠をかぶり、袖《そで》無し羽織に裁着袴《たつつけばかま》。仁左衛門は菅笠、茶縞《ちゃじま》の小袖に角帯を締め、腰に道中差《どうちゆうざし》を落とし差しにしている。

二人とも特に目立つような行装《ぎようそう》ではない。傍目《はため》には主従の微行《しのび》旅と映っただろう。

和戸村から甲府までは、道幅四間（約七メートル）の広い道が真《ま》っ直《す》ぐ延《の》び、両側には松並木がつづいている。生《お》い茂った松葉の間からきらきらと射《さ》し込む西陽が、路上にまだら模様を描いていた。

「あの茶屋で一服つけるか」

室田が歩度《ほど》をゆるめて、前方を指さした。

右手の松並木の切れ目に、藁《わら》屋根の小さな家が一軒、ぽつんと建っている。軒端《のきば》に『お休み処《どころ》』の旗が見え、家の前には床几《しょうぎ》が置かれてあった。

二人はその茶屋に立ち寄り、床几に腰を下ろして茶屋の老婆に茶と饅頭《まんじゆう》を注文した。

「それにしても……」

室田が腰の煙草《たばこ》入れをはずし、煙管《きせる》に煙草を詰めながら、

「とんだ道行きになってしまったな」

ぼやくようにいった。

「まったくでございます。よもや室田さまのご家来衆や勘兵衛親分たちがあのような目にあうとは……」

「一人であれだけのことをしてのけたとすれば、相当な手練《てだれ》だ。ただ者ではあるまい」

「公儀《こうぎ》の探索方でございましょうか」

「うむ」

　室田は険《けわ》しい顔で煙管の煙を吐き出した。

「影の者の仕業《しわざ》やもしれぬ」

「影の者？」

「隠密《おんみつ》だ。香月と申す道中方《どうちゅうがた》の一件、公儀の耳に入ったのであろう」

「それを探らせるために、公儀が隠密を放ったと……？」

「ほかには考えられぬ」

「まことに、はや、厄介《やっかい》なことになりましたな」

　仁左衛門は暗然と吐息をついたが、ふと気がかりそうな目で、

「須賀《すが》さま、遅うございますね」

　首をめぐらして街道を見た。

　須賀とは、一連の事件の調べに当たっている室田の腹心《ふくしん》で、陣屋手代の須賀庄《しょう》九郎《くろう》のことである。須賀はその結果を持って二人のあとを追う手はずになっていた。

「あの男は脚が速い。おっつけ来るだろう」

「とにかく一刻も早くこのことを荒木さまにお知らせしなければ……」

「うむ。行こうか」

茶を飲み干して、室田が腰を上げた。

四半刻（約三十分）ほど行くと、街道の松並木が途切れて、前方に三叉路《さんさろ》が見えた。

甲州街道は、ここで青梅《おうめ》・秩父往還《ちちぶおうかん》に分かれる。

青梅街道は甲府盆地を北東に進み、笛吹川《ふえふきがわ》を渡って大菩薩峠《だいぼさつとうげ》を越え、武蔵の青梅に至る街道で、その先は内藤新宿に達した。

一方の秩父往還は、笛吹川沿いに北へさかのぼって雁坂峠《かりさかとうげ》を越え、武州大宮《おおみや》に至る脇《わき》往還であった。

三叉路の右奥には、俗《ぞく》に「山崎の首切り場」と呼ばれる仕置き場（処刑場）があり、竹矢来《たけやらい》越しに土壇場《どたんば》（首切り場）や罪人の首を晒《さら》す獄門台《ごくもんだい》が見えた。

先代の『相模屋』幸右衛門が処刑されたのも、この仕置き場である。さすがに気が咎《とが》めるのか、室田と仁左衛門は仕置き場のほうには目もくれずに足を速めた。

ちなみに、国道四百十一号線沿いの仕置き場跡には、現在も「南無妙法蓮華《なむみょうほうれんげ》経《きょう》」ときざまれた巨大な石碑が立っている。

三叉路を過ぎたところで、先を行く室田が、

「む……？」

と足を止め、深編笠を押し上げて、前方に不審な目をやった。

異変に気づいて、仁左衛門も立ちすくんだ。

二人の行く手に、燃えるような落日《らくじつ》を背に受けて、悠揚《ゆうよう》と立ちはだかる人影があった。

塗笠をかぶった背丈の高い浪人体《てい》の男である。

「室田さま、あの男は……！」

仁左衛門が叫声《きょうせい》を発した。

「さっそく現われたか」

つぶやきながら、室田は右手を刀の柄頭《つかがしら》にかけて身構えた。

影がゆっくり歩を進めてくる。仁左衛門も道中差の柄に手をかけた。

「室田外記だな」

塗笠の下から凜《りん》とした声がひびいた。真壁清四郎の声である。

「うぬは……、公儀の隠密か！」

「いかにも。貴様たちの首をもらいに来た」

「お、おのれ」

室田が抜刀した。仁左衛門も後ずさりしながら、道中差を抜き取った。

清四郎は両手を下げたまま、ためらいもなく歩を進めてくる。

間合いはすでに三間(約五・四メートル)を切っていた。

「死ねッ!」

室田がわめきながら突進して来た。諸手《もろて》にぎりの猛烈な突きである。清四郎は体をひねって切っ先をかわすと、抜きざまに下から峰《みね》で室田の刀をはね上げた。

キーン。

手がしびれるほどの激烈な受け太刀だった。反動で室田は二、三歩前にのめったが、すぐに体勢を立て直し、くるっと体《たい》を返して正眼《せいがん》に構えた。

清四郎は刀をだらりと下げ、地擦《じず》りの構えに入った。

落日を背にして、路上に長い影を落としている。

その影がわずかずつ室田の足元に接近する。

室田の切っ先が鶺鴒《せきれい》の尾のように小さく動いた。だが、斬《き》り込む気配はなかった。むしろ、清四郎の気迫に押されてじりじりと後退している。

後退しながら、室田は正眼の刀を上段に移した。そのときである。

（はっ！）

ほとんど無声の気合を発して、清四郎が地を蹴った。相手が動かぬと見て先に仕掛けたのである。「後《ご》の先《せん》」を得意とする清四郎にしては、めずらしいことだった。

室田はあわてて跳びすさり、上段に振りかぶった刀を袈裟《けさ》がけに斬り下ろした。

だが、そのときすでに、清四郎は室田の左横を疾風《しっぷう》のようにすり抜け、地擦りの刀を斜め上に斬り上げていた。

「げっ」

室田の口から奇声が洩《も》れた。薙《な》ぎ上げた清四郎の刀が、室田の左腕を付け根から切断したのだ。切り落とされた左腕が血を噴き出しながら虚空《こくう》に舞った。

均衡《きんこう》を失って、室田の体が左に大きく傾いた。そこへ、
しゃっ。

清四郎の刀が一閃《いっせん》した。

あばら骨を砕《くだ》く音に絶叫が重なり、室田の体は横倒しに地面に転がった。左腕

を失った肩口から淋漓《りんり》と血しぶきが噴出し、たちまち路上に血だまりが出来た。

仁左衛門が身を転じて逃げ出すのを、目のすみにとらえた清四郎は、左手で脇差を抜き放つなり、逃げる仁左衛門の背中めがけて投擲《とうてき》した。

「わっ」

と悲鳴が上がり、仁左衛門の体がもんどり打って地面に倒れ伏した。

清四郎は大刀を鞘《さや》に納めて、ゆっくり歩み寄った。投げつけた脇差が仁左衛門の太股《ふともも》をつらぬいて地面に突き刺さっている。蟾蜍《ひきがえる》のように無様《ぶざま》な姿だった。

「た、頼む。命だけは……、助けてくれ」

首をひねって、仁左衛門が必死の形相《ぎょうそう》で命乞いをした。

「か、金なら、いくらでもくれてやる」

「金はいらぬ」

「な、何が望みだ？」

「…………」

清四郎は無言で脇差を引き抜いた。仁左衛門の太股から血が噴き出した。

「う、うう……」

うめきながら立ち上がろうとすると、

「『相模屋』幸右衛門と手代・佐吉の回向《えこう》をさせてもらう」

いいざま、清四郎は逆手《さかて》に持った脇差を、仁左衛門の背中にぐさりと突き刺した。

「げっ！」

四肢《しし》を痙攣《けいれん》させ、仁左衛門は悶絶《もんぜつ》した。

「地獄に落ちろ」

一言吐き捨てると、清四郎は仁左衛門の背中に突き刺さった脇差を、無造作《むぞうさ》に引き抜いて立ち去った。

その直後、街道脇の野道に百姓体の男が姿を現わした。野良仕事の帰りらしく、肩に鍬《すき》をかついでいる。男は街道に転がっている二つの死体に気づき、

「わ、わわ……」

悲鳴をあげて一目散《いちもくさん》に走り去った。

男の通報を受けて村役人が駆けつけたときには、死体のまわりにもう黒山の人だかりが出来ていた。場所が仕置き場の近くだけに、群れ集まった野次馬たちは、

「何かの祟《たた》りじゃねえのか」

「怨霊《おんりよう》の仕業《しわざ》かもしれねえ」

などと口々にささやき合いながら遠巻きに見ている。

「仏《ほとけ》さんをこのままにしておくわけにはいかねえ。誰か戸板を持ってきてくれ」

村役人の声に、四、五人の男がはじけるように走り出した。そこへ網代笠《あじろがさ》をかぶった旅装の武士が通りかかり、

「何の騒ぎだ?」

と村人の一人に訊いた。室田と仁左衛門のあとを追ってきた谷村陣屋の手代・須賀庄九郎だった。

「人殺しでございます」

「なに」

人垣をかき分けて歩み出た須賀は、思わず息を呑《の》んだ。

「こ、これは……!」

その目に映ったのは、左腕を切り落とされた室田と背中を串刺しにされた仁左衛門の無惨《むざん》な死体だった。

「何ということを……」

須賀の背筋に戦慄《せんりつ》が奔《はし》った。

# 二

それから、およそ半刻（約一時間）後――。

甲府城内の遠侍《とおざむらい》（中門近くの勤番士《きんばんし》詰所）の一室に、須賀庄九郎の姿があった。まだ恐怖覚めやらぬのか、顔は青ざめ、目が真《ま》っ赤《か》に充血している。

その前に暗澹《あんたん》たる面持《おもも》ちで座しているのは、荒木主膳だった。

上野原の目明《めあか》し勘兵衛と弟の繁蔵が殺されたこと、室田が放った三人の刺客《しかく》が笹子峠で殺されたこと、そしてつい先ほど室田外記と『相模屋』仁左衛門が山崎の首切り場近くで殺されたことなど、一部始終を須賀から聞き終えたところだった。

衝撃のあまり荒木は言葉を失い、ただ茫々然《ぼうぼうぜん》と宙の一点を見つめていた。

無双窓《むそう》から射《さ》し込む残照が、二人の横顔を赤々と染めている。

重苦しい沈黙がしばらくつづいたあと、荒木がふっと顔をあげて、

「――で、下手人《げしゅにん》の目星《めぼし》は？」

ようやく重い口を開いた。うめくような低い声だった。

「真壁と名乗る浪人者ではないかと存じますが」

「真壁？」

「下花咲宿の旅籠屋から野上どのを連れ出した浪人者でございます」

これは旅籠屋『生駒屋』の番頭から得た情報である。

「なるほど」

苦い顔で、荒木がうなずいた。野上源次郎が江戸行きをやめて甲府にもどって来た理由がそれでわかった。だが、謎はまだ残る。

真壁という浪人は一体何者なのか。何の目的で野上に接近したのか。

「そういえば……」

荒木が険《けわ》しい目を虚空に据えた。

「幕閣《ばっかく》に真壁周防守という大目付《おおめつけ》がいたが……」

「大目付！」

須賀が目を剝《む》いた。

「もっとも周防守は五十の坂を越えた老人だ。本人が直々《じきじき》に出張《でば》ってくるとは思えぬが……その男の風体《ふうてい》は？」

「下花咲宿の旅籠屋の番頭の話によりますと、歳は二十五、六で、六尺（約一八

○センチメートル）近い長身だったそうでございます」
「いずれにせよ、ただの素浪人ではあるまい。須賀どの、いま一度訊《き》くが」

「はい」

「室田どのと『相模屋』を手にかけたのは、その浪人者に相違ないな？」

「ほぼ間違いないかと」

「とすれば……」

いいさして、荒木は怯《おび》えるように顔をゆがめ、次の言葉を呑み込んだ。

真壁と名乗る浪人者が、五年前の『相模屋』乗っ取り事件の真相を知って室田外記と仁左衛門を斬ったとすれば、次の標的が自分であることは、火を見るより明らかだった。

姿の見えぬ敵が虎視眈々《こしたんたん》と自分の命をねらっている。

いいしれぬ恐怖が荒木の胸に込み上げてきた。口許がわなわなと震えている。

「荒木さま」

須賀が膝《ひざ》を進めた。

「その男、まだ城下に潜んでいるやもしれませぬ。一刻も早く手を打ったほうが」

「うむ」

我に返った荒木は昂然《こうぜん》と立ち上がり、配下の者を呼びつけた。

それからほどなく、山手勤番支配に属する勤番士五十名、与力《よりき》五騎、同心《どうしん》二十五名、捕方百名、総勢百八十名が城下に散った。

時ならぬ捕り物騒動に驚いたのは町人たちだった。

「山崎の仕置き場近くで陣屋の役人が二人斬られたそうだ」

「下手人は浪人者だそうだな」

「城下にまぎれ込んだそうだぜ」

「城屋町では町の衆が三人斬られたらしい」

「まるで血に飢《う》えた狼《おおかみ》だ。くわばら、くわばら……」

噂《うわさ》に尾ひれがついて、たちまち町じゅうが恐怖の坩堝《るつぼ》と化した。

早々と店じまいをして大戸を下ろす商家もあれば、女子供を土蔵に避難させる分限者《ぶげんしゃ》もいたし、自衛のために棍棒《こんぼう》や竹槍《たけやり》を用意して家の中に閉じこもる者もいた。

柳町や八日町、山田町の繁華街も、さすがにこの夜は灯《ひ》が消えたような寂しさである。

町筋で目につくのは、物々しく行き交《か》う勤番士《きんばんし》の姿ばかりだった。

そして、探索の手はついに旅籠屋《はたご》『甲州屋』にも伸びた。

同心三名が捕方を引き連れて、宿改めに乗り込んで来たのである。

「真壁さま、探索の手が入りました。お逃げください！」

藤兵衛の知らせで、間一髪《かんいっぱつ》難を逃れた清四郎と西尾五兵衛は、下一条の『甲州屋』の寮に転がり込んだ。雑木林に囲まれた閑静《かんせい》な住宅地である。

寮の居間に入るなり、清四郎は障子窓を開けて表の様子をうかがった。

雑木林の中に商家の隠居屋敷や別宅らしい小家が散在しているが、明かりも人影もなく四辺《しへん》は静寂な闇《やみ》に包まれていた。

「ここなら探索の手もおよぶまい」

ほっとしたように、清四郎は行灯のかたわらに腰を下ろした。

手燭《てしょく》の明かりで台所をごそごそと物色していた五兵衛が、一升徳利《いっしょうとっくり》と茶碗二個を抱えて居間にもどって来た。

「酒がございました。お呑みになりますか」

「ああ、一杯もらおう」

五兵衛が茶碗に酒を注《つ》いで差し出した。それを舐《な》めるように呑みながら、

「さて、これからどうしたものか」

清四郎は思案《しあん》顔でつぶやいた。

「ほとぼりが冷めるまで、しばらく様子を見たほうが……」

「いや、逆だな。五兵衛」

「逆？」

「ほとぼりが冷めぬうちに決着をつけたいのだ」

清四郎が決然といった。声は淡々としているが、その胸中には荒木主膳への怒りが、いまにも爆発しそうに燃えたぎっていた。

荒木の陋劣《ろうれつ》な野心と欲望のために、罪のない人間が何人命を落としたか。

『武蔵屋』惣右衛門と番頭の与兵衛。

徒士目付組頭《かちめつけくみがしら》の早川平蔵。

勘定吟味役《かんじようぎんみやく》の秋元弥左衛門と供の治平。

甲府勤番士の中根数馬。

道中方同心の香月兵庫。

甲府勤番組頭の松崎掃聞と配下の野上源次郎。

そして『相模屋』の先代・幸右衛門と手代の佐吉。

一人ひとりの無念、悔しさを思うと、居ても立ってもいられなかった。

燃えたぎる怒りの炎が清四郎を駆《か》り立てていた。

「わかりました。手前が様子を見て来ましょう」

清四郎の意を汲《く》んだ五兵衛は、呑みさしの茶碗をことりと置いて腰を上げた。


燭台の灯が、じじっと音を立てて揺れた。

涼《すず》しげな夜風が吹き込んで来る。

「おう、風が出て来たな」

山手甲府勤番支配・永尾若狭守の屋敷の書院だった。

首をめぐらして、庭に目をやったのはでっぷりと肥《ふと》った五十年配の武士、永尾若狭守宗治である。その前で荒木主膳が暗く沈んだ顔で酒を酌《の》んでいる。

「荒木どの」

永尾がゆっくり向き直った。

「相手はたかが素浪人ひとり、さほどに恐れることはなかろう」

「はあ」

荒木は浮かぬ顔でうなずいた。

「それより、後釜《あとがま》の算段をしなければなるまいな」

荒木の懸念をよそに、永尾はまったく別のことを考えていた。

「後釜？　と申されますと」

「『相模屋』だ。このまま廃業にしてしまうのは、いかにも惜しい」

「仁左衛門の跡目《あとめ》を探せとおおせられるので？」

「うむ。実は……」

酒杯を口に運びながら、永尾はゆったりと脇息《きょうそく》にもたれた。

「幕府から御城米《ごじょうまい》を五百石ほど買い入れよとのお達しがあったのだ」

「ほう」

荒木の目がちかっと光った。

御城米とは、幕府が直轄《ちょっかつ》領や譜代《ふだい》の諸藩に命じて、戦時・飢饉《ききん》に備えて貯蔵させた米穀のことをいう。その御城米五百石を『相模屋』を通じて相場より高く買い上げ、利鞘《りざや》を稼《かせ》ごうというのが、永尾の魂胆《はら》だった。

「こんなうまい話をみすみす逃《のが》す手はあるまい」

そういって、永尾はしたたかに笑ってみせた。

「それはまた、耳よりな話で……」

荒木の顔にも貪婪《どんらん》な笑みがこぼれた。

「承知つかまつりました。さっそく手配りいたしましょう」

「のう、荒木どの」

酒杯に酒を注ぎながら、永尾が急にしんみりとした口調で、

「わしもおぬしも、もう二度と江戸の土を踏むことは出来ぬ、いわば流謫《るたく》の身。……出世の希望《のぞみ》も奢侈《しゃし》の楽しみもなく、こんな山国に埋《う》もれ果てなければならぬと思うと、我ながら情けなくなる」

この永尾若狭守も、以前は旗本三千石の御書院番頭《ごしょいんばんがしら》だったが、家中に不祥事があり、八年前に甲府に流されたのである。

「それが甲府勤番の身の運命《さだめ》、致し方ございませぬ」

荒木が自嘲《じちょう》の笑みを浮かべていった。

「なればこそ、金がいるのだ。生涯、贅沢三昧《ぜいたくざんまい》に暮らしてゆけるだけの金があれば、お役を辞して甲府を出ることも出来る」

「まさに地獄の沙汰《さた》も金次第、でございますな」

「幕府との折衝《せっしょう》は、わしがやる。あとはよしなに……」

いいさして、永尾は鋭《するど》い目を庭の暗がりに向けた。

「いかがなされました？」

「庭で物音がしたが」

「手前が見てまいりましょう」

立ち上がって、荒木は広縁に出た。

庭木の枝葉が夜風を受けてかすかに揺れている。

と、そこへ、一条の光が射し込んだ。荒木の目がその光に向けられた。

植え込みの陰から現われたのは、龕灯《がんどう》提灯《ちょうちん》をかざした二人の家士《かし》だった。

「見廻りか」

「庭前、失礼つかまつります。何かご不審なことでも？」

家士の一人が訊いた。

「いや、別に……、猫でも迷い込んだのであろう」

「ご無礼いたしました」

二人の家士は丁重に頭を下げて足早に去った。

その直後、庭の奥の築地塀《ついじべい》を音もなく乗り越えて、路地にふわりと飛び下りた人影があった。黒装束に身を包んだ五兵衛である。

三

五兵衛の復命を受けて、真壁清四郎はすぐさま身支度《みじたく》に取りかかった。塗笠はかぶらず腰には大刀のみを佩《は》き、袴の股立《ももだ》ちを高く取って『甲州屋』の寮を出た。

月の明るい夜だった。

青白い月明かりが、寝静まった家並を皓々《こうこう》と照らし出している。

清四郎は警戒の厳しい大通りを避けて、裏道の闇を拾《ひろ》いながら走った。途中で二度ばかり、巡回の勤番士の姿を見かけたが、物陰に身をひそめてやり過ごし、また走った。

堀に突き当たった。

上府中を南北に分《わ》かつ三ノ堀である。

永尾若狭守の屋敷が、三ノ堀の北側であることは五兵衛から聞いて知っていた。

屋敷の位置もほぼ見当《けんとう》がついている。

三ノ堀に架かる木橋を渡ったところで、清四郎はふいに足を止め、身をひるがえして立木の陰に飛び込んだ。前方の闇に御用提灯の明かりが揺らいでいる。巡回警備の勤番士と捕方たちだった。

清四郎は左に視線を移した。そこに細い路地があった。路地の両側には侍《さむらい》屋敷の土塀がつづいている。清四郎はその路地に走り込んだ。

複雑に入り組んだ路地を背を丸めて走り、ようやく永尾の屋敷の裏手にたどりついた。

と、そのとき、前方の辻に明かりが射した。

素早くあたりを見廻したが、身を隠す場所はなかった。

足音が聞こえた。清四郎の目が裏門に止まった。

門扉の脇にわずかな空間があるのを見つけ、反射的にそこに飛び込んだ。幅二尺(約六十センチメートル)足らずの狭い空間である。体を斜めにして押し込み、息を殺して気配をうかがった。

ひたひたと足音が迫ってくる。

清四郎の右手が刀の柄にかかった。

足音が近づき、闇の中に六つの影が浮かび立った。勤番士二人と捕方四人である。

　御用提灯の明かりが眼前に迫った。

　清四郎は刀の鯉口《こいぐち》を切った。気づかれたら即座に飛び出して六人を斬るつもりである。胸が高まり、柄をにぎった手にじわっと汗がにじんだ。

「変わった様子はなさそうだな」

　勤番士の一人が四辺を見廻しながらいった。

「よし、表に廻ろう」

　別の一人が応え、巡回警備の一団は清四郎の目の前を足早に通り過ぎて行った。

　ふうっ……。

　清四郎の口から思わず安堵の吐息が洩《も》れた。

　足音が遠ざかり、六人の姿が闇に呑み込まれていった。

　それを見届けると、清四郎は路地に飛び出し、築地塀を見上げた。

　塀の高さは八尺余（約二・四メートル）、清四郎の背丈よりはるかに高い。

　腰の大刀を鞘ごと抜いて下げ緒をほどいた。そして刀を塀に立てかけ、鍔《つば》に足をかけて塀によじ上ると、下げ緒をたぐって刀を吊り上げ、ひらりと宙に身を躍《おど》らせた。

トン。

と築地塀の内側に着地した。

屋敷の裏庭である。手入れの行き届いた庭木が林立している。

植え込みの陰に片膝をついて、清四郎は油断なく四辺の闇に目を配った。

樹間にちらちらと明かりがよぎった。

龕灯提灯をかざした警備の家士が二人、通り過ぎて行った。

二人をやり過ごすと、清四郎は地を這《は》うように身を屈して、植え込みの陰から陰へと走った。木立の奥にほのかな明かりが見えた。書院の明かりである。

部屋の中から高らかな笑い声が聞こえてくる。

清四郎は、身を転じて石灯籠《いしどうろう》の陰に這い進み、書院の様子をうかがった。

永尾若狭守と荒木主膳が酒を酌み交わしながら談笑している。二人ともかなり酒が入っているらしく、脂《あぶら》ぎった顔が燭台の明かりを受けて赤く光っている。

書院からやや離れた外廊下には、提灯を下げた警護の家士が一人立っていた。

どうやら屋敷内の要所要所に家士が配されているようだ。

うかつに踏み込めば、たちまち包囲されるに違いない。

石灯籠の陰に身を沈めたまま、清四郎は斬り込みの機会を待った。

しばらくして……。

永尾が呑み干した酒杯を膳に置き、大儀《たいぎ》そうに腰を上げた。でっぷり肥ったおのれの体を持てあますようにのろのろと立ち上がると、

「失礼」

といって書院を出た。

外廊下に立っていた警護の家士が、永尾の姿に気づいて頭を下げた。

「変わりはないか」

「はっ」

「厠《かわや》に行く。明かりを持て」

「は……」

家士は提灯をかざして、永尾を先導した。

（いまだ！）

石灯籠の陰から音もなく飛び出すと、清四郎は庭を横切って二人のあとを追った。

厠は外廊下の突き当たりにあった。

永尾が厠に入るのを見届けて、清四郎は外廊下に駆け上がった。

警護の家士が気配を感じて振り返った瞬間、

ズン！

と鈍《にぶ》い音を立てて、清四郎の鉄拳が家士の鳩尾《みぞおち》にのめり込んだ。同時に清四郎の左手は家士の口をふさいでいた。

「う……」

小さなうめき声を洩らして、家士は膝からゆっくり崩れ落ちた。

倒れ伏した家士を廊下のすみに押しやると、清四郎はすかさず背を返して厠のわきの闇溜まりに身をひそめた。板戸越しに放尿の音が聞こえてくる。

ほどなく永尾が出てきて、戸口の手水鉢《ちょうずばち》で手を洗いはじめた。

その背後に清四郎が音もなく忍び寄った。永尾はまったく気づいていない。清四郎は刀を抜いて水平に構え、永尾の分厚い背中にぐさりと突き刺した。

「む、むっ！」

永尾は白目を剝《む》いて硬直した。大刀の切っ先は心ノ臓をつらぬき、左胸に飛び出していた。ほぼ即死だった。倒れ込んだ永尾の腰に片足をかけて大刀を引き抜くと、清四郎は身をひるがえして書院に走った。

物音を聞きつけ、荒木が不審そうに振り向いた。

「あっ」

仰天《ぎょうてん》して、荒木はどすんと尻餅《しりもち》をついた。

目の前に抜き身を引っ下げた清四郎が立っていた。荒木は尻をついたまま後ずさり、

「く、曲者《くせもの》っ！」

叫びながら、刀掛けに手を伸ばそうとするのへ、
しゃっ！

清四郎の刀が一閃した。一瞬、荒木の動きが止まった。

首筋に赤い筋が走り、花火のように血飛沫《ちしぶき》が飛び散った。

荒木の顔面が血で真っ赤に染まっている。何かいいたげに唇《くちびる》を震わせたが、斬り裂かれた喉《のど》から虎落笛《もがりぶえ》のような喘鳴《ぜんめい》が洩れるだけだった。

両手で虚空をかきむしり、荒木はのけぞるように仰向けに転がった。はね上がった両足が酒肴《しゅこう》の膳部を蹴倒し、徳利や猪口、皿小鉢が音を立てて畳に散乱した。

中廊下におびただしい足音がひびいた。

清四郎は素早く刀を納め、ひらりと翻身《ほんしん》して廊下に飛び出した。と同時に、書院の襖《ふすま》ががらりと引き開けられ、数人の家士が飛び込んで来た。

「な、何事だ、これは！」

部屋の中の惨状に、家士たちは度肝《どぎも》を抜かれて立ちすくんだ。

「殿の姿がないぞ！」

「探せ！」

口々に叫びながら、家士たちが廊下に走り出たときには、もう清四郎の姿は庭の奥の闇の深みに消えていた。


翌朝、七ツ半（午前五時）ごろ——。

城下の東はずれにある東光寺《とうこうじ》の墓地に、黙然《もくねん》とたたずむ三人の男の姿があった。

真壁清四郎と西尾五兵衛、そして『甲州屋』のあるじ・藤兵衛だった。

東光寺は鎌倉時代に再建された古刹《こさつ》で、本堂の西北の高台には、武田信玄《たけだしんげん》によって無念の死を遂《と》げさせられた嫡子《ちゃくし》・義信《よしのぶ》と妹婿の諏訪頼重《すわよりしげ》の墓が並んで立っている。

その墓から石段を下りて、本堂のほうへ左折する小道の角に無縁墓地があった。

この墓地には生まれ育った江戸を懐《なつ》かしみながら、異郷で寂しく死んでいった甲府勤番士たちの墓が多く建っている。三人が立っているのは、その墓地の一隅に立つ二つの真新しい墓標の前だった。墓標の正面にはそれぞれの戒名《かいみょう》が記され、その裏には、

〈松崎掃聞〉

〈野上源次郎〉

の俗名《ぞくみょう》が記されていた。墓前には白い香煙《こうえん》がたゆたっている。

「これでお二方も成仏《じょうぶつ》出来るでしょう」

墓に手を合わせながら、藤兵衛がつぶやくようにいった。それを受けて清四郎が、

「甲府勤番が〝山流し〟と呼ばれるようでは、このような事件はあとを絶つまい。永尾若狭守と荒木主膳の後任には、より高潔で仁徳《じんとく》な人物が差遣《さけん》されるよう公儀に申し伝えておこう」

「一つ、よしなにお取り計らいのほどを」

藤兵衛が頭を下げた。

「では……」

と清四郎は塗笠をかぶった。五兵衛も菅笠をつける。

「道中くれぐれもお気をつけて」

「そこもとも達者でな」

「ありがとう存じます」

清四郎と五兵衛は、踵《きびす》を返して墓地の小道を去って行った。

輝きを増した曙光《しょこう》が、朝ぼらけの空を黄金色に染めている。

墓地の周辺に生い茂る芒《すすき》には、もうちらほらと白い穂がつきはじめ、その上を赤とんぼの群れが飛び交っている。山国の短かい夏が終わろうとしていた。

四

真壁清四郎と五兵衛が江戸の地を踏んだのは、それから三日後の夕刻だった。

四谷の大木戸を過ぎたところで五兵衛と別れ、清四郎はその足で木挽町の下屋敷にもどった。賄《まかな》いのお粂婆さんの姿はなかったが、屋敷の玄関や裏木戸はきちんと戸締りがなされ、どの部屋も塵《ちり》ひとつなくきれいに片づいていた。

清四郎はすぐに風呂をわかし、旅の垢《あか》を流して髭《ひげ》を剃《そ》り、新しい衣服に着替えて下屋敷を出た。向かった先は麹町の上屋敷である。

表門をくぐって玄関に向かうと、屋敷から出てきた兄の清一郎とばったり出食わした。父親の用向きで外出するのか、小脇に書類の入った小袱紗《こふくさ》包みを抱えている。

「おう、清四郎か」

清一郎はにこりともせず、冷やかな目を弟に向けた。

歳は清四郎より三つ年長の二十九歳。撫《な》で肩のほっそりした体つきで、顔は青白く、どこか険《けん》のある目つきをしている。

「兄上、お久しぶりでございます」

清四郎が他人行儀に頭を下げると、清一郎は汚いものでも見るかのように、

「まるで浪人体だな。月代《さかやき》ぐらい剃ったらどうなのだ」

苦々しげにいった。清四郎はそれを聞き流して、

「父上はご在宅ですか？」

「奥書院におられる。また金の無心か」

「いえ、ちょっと……」

「おまえも、もういい歳だ。早く嫁をもらって身を固めるんだな」

「嫁を取るのは、兄上が先でしょう」

清四郎がいい返すと、清一郎はむっとした顔で足早に去って行った。

(兄上は女性《にょしょう》が嫌いなのだろうか)

ときどき清四郎はそう思うことがある。それほど清一郎は女に縁のない男だった。母親の琴江が持ってくる縁談もことごとく断り、いまだに独り身なのである。そのくせ弟の顔を見るたびに、早く嫁をもらえと口ぐせのようにいう。

(何を考えているのかよくわからん)

首をかしげながら、清四郎は踵を返した。

表玄関には向かわず、内塀沿いの小道を通って奥書院に向かった。

中庭の枝折戸《しおりど》を押して奥書院の前に出ると、部屋の奥で父親の清隆が文机《ふづくえ》に向かって筆を走らせていた。

「父上、ただいまもどりました」

「おう、待っていたぞ。上がりなさい」

「失礼します」

部屋に上がり、清隆の前に正座した。

「五兵衛から話は聞いた。こたびの役目、大儀だった」

「は」

清四郎は神妙《しんみよう》な顔で両手を突き、

「一応、わたしのほうからもご報告を……」

と道中で起きた一連の事件の概要をかいつまんで話した。話しながら、また怒りが込み上げてきて、声が次第に高くなった。

清隆は黙って耳を傾けている。

「——よって山手甲府勤番支配・永尾若狭守と組頭・荒木主膳は、わたしが斬り捨てました」

「…………」

清隆は黙ってうなずいただけである。

「最後に、一つお願いがございます」

「何だ？」

「二度とこのような不正が起きぬよう、永尾と荒木の後任選びには、特段のご考慮を賜《たまわ》りたいと存じます」

「わかった。幕議《ばくぎ》に諮《はか》ることにしよう。……ところで清四郎」

「はい」

「たまには夕食でも食べて行かぬか」

「せっかくですが、まだ用事がございますので」

「どんな用事だ？」

切り込まれて、清四郎は狼狽《ろうばい》した。

「それが、その……」

「まあよい」

清隆は穏やかな笑みを浮かべると、それ以上は追及せず、ふところから小判を二枚取り出して、清四郎の膝前に置いた。

「これでうまい酒でも呑んでくれ」

「お心づかい、ありがとう存じます」

二両の金子《きんす》をふところに納め、清四郎は一礼して腰を上げた。


この夜も、深川門前仲町は、祭りのような賑《にぎ》わいを見せていた。

永代橋の東詰から深川八幡宮につづく馬場通りには、おびただしい明かりが横《おう》溢《いっ》し、着飾った女や一杯機嫌の遊客《ゆうかく》たちがひっきりなしに行き交っている。

織りなす人波の中に、南町奉行所定町廻《じょうまちまわ》り同心・小宮山左門の姿があった。

左門が向かったのは、門前山本町の水茶屋『遊喜楼』だった。

店の裏手に廻り、勝手口の戸を開けて中をのぞき込むと、板場で立ち働いていた女中がけげんそうに出て来て用件を訊いた。

「すまねえが、お夕を呼んできてもらえねえかい」

「はい」

女中は無愛想《ぶあいそう》に返事して、奥に去って行った。

勝手口の脇の板塀にもたれて待っていると、ほどなく若い女が出て来た。お夕である。髪をきれいに結い上げ、厚めの化粧をほどこし、夜目にも艶《あで》やかな藤色の着物を身につけている。過日《かじつ》見たときとは別人のように艶冶《えんや》な女に変貌《へんぼう》していた。

「あ、旦那、先日はどうも……」

お夕がしなを作って頭を下げた。

「おめえさんに届け物を持って来た」

「届け物？」

左門はふところから浅葱《あさぎ》色の袱紗《ふくさ》包みを取り出して、お夕に手渡した。ずっしりと重量感のあるその包みを手にした瞬間、お夕は中身が金子であることを察した。

「お金、ですか」

「百二十両ある」

「………！」

お夕は瞠目《どうもく》した。

「柄戸仙十郎から託された金だ」

「柄戸さんから……！」

「身請《みう》け金に使ってくれとな」

お夕は信じられぬような顔で包みを見たが、ふっと虚《うつ》ろな笑みを浮かべて、

「旦那《だんな》、悪い冗談はよしてくださいな」

「………」

「誰があたしのような女に、百二十両もの大金を……」

この女は世間というものを信じていない。まして相手は町方《まちかた》役人である。これには何か裏があるのではないか。そんな疑心がお夕の表情にありありとにじみ出

ていた。

「第一、おかしいじゃありませんか。あたしを身請けするつもりなら、他人なんかに頼まずに、柄戸さん本人がお金を持ってくるはずですよ」

「むろん、柄戸もそのつもりだったんだろう。だが、それが出来なかった。だから人に頼んだんだ」

「なぜ、出来なかったんですか」

「柄戸は死んだ」

「え！」

お夕は絶句した。

「江戸にもどる途中、斬られたそうだ」

「旦那、……それ、本当なんですか」

「いまさら嘘《うそ》をいって何になる」

「…………」

花びらのように紅《あか》いお夕の唇がわなわなと震えている。

「詳しいことはおれも知らねえが、とにかく、その金は柄戸からおめえに渡されたものだ。素直に受け取ることだな」

「…………」

言葉もなく、お夕は立ちつくしている。切れ長な双眸《そうぼう》からほろりと涙がこぼれ落ちた。

「これでおめえも自由の身になれる。二度と深川にはもどって来るんじゃねえぜ」

いい置いて、左門は踵《きびす》を返した。

「――旦那」

お夕の声に左門は振り返った。

「…………」

お夕は何かいおうとしている。だが、唇が震えて声にならなかった。涙に濡れた目でじっと左門の顔を見つめ、深々と頭を下げた。

左門は微笑を返して足早に路地の闇に消えて行った。

五

「どうだった?」

入って来た左門を見て、真壁清四郎が声をかけた。

一ノ鳥居の近くの小料理屋である。

左門は小さくうなずいて小座敷に上がり、膳の前に腰を下ろした。

「思わぬ大金が転がり込んできて、女もさぞ驚いただろう」

「金は魔物だな」

猪口の酒を呑みながら、左門がぽつりといった。

「魔物……？」

「金のために地獄に落ちる者もいれば、金で地獄から救われる者もいる。人の世の嘆《なげ》き苦しみ、悦《よろこ》び悲しみ、すべては金の魔力がなせる業《わざ》なのだ」

「ふふふ、おぬしらしい理屈だな」

「理屈ではない。それが現実なのだ」

「確かに……」

清四郎は真顔でうなずいた。

「今度の旅で、おれもその現実を嫌というほど見せつけられたからな。せめてもの救いは、百二十両の金がお夕という女の手に渡ったことだけだ」

「ところで、清四郎」

左門が思い出したようにいった。

「おぬしが旅に出ている間、柄戸仙十郎の出自《しゅつじ》を調べて見たのだがな。柄戸は四年前まで加賀の大聖寺藩《だいしょうじ》に士籍を置いていたそうだ」

これは大聖寺藩の江戸藩邸につとめる渡り中間《ちゅうげん》から得た情報だった。

大聖寺藩は加賀前田家の支藩で、十万石の外様《とざま》中藩である。

柄戸仙十郎は郡奉行《こおりぶぎょう》同心として三十石の扶持を食《は》んでいたという。

ところが四年前のある日、柄戸の人生を一変させる事件が起きた。十歳年下の妻があろうことか、柄戸の上役与力と不義密通《ふぎみっつう》を働いたのである。

「柄戸はそれを知って上役と妻を斬り殺し、脱藩逐電《ちくでん》したそうだ」

「女敵《めがたき》討ちというわけか」

「表向きはそういうことになっているが、もともと柄戸の妻は上役与力の妾《めかけ》だったそうだ」

「妾！」

清四郎は啞然《あぜん》となった。

「柄戸は三十二のときに上役与力のすすめでその女と結婚している。つまり、上役のお下がりを押しつけられたのだ」

「ひどい話だな」

それを知ったとき、柄戸の武士としての、いや、男としての誇りは微塵《みじん》に砕かれたに違いない。

「柄戸の心に鬼畜《きちく》が棲《す》みつくようになったのは、それがきっかけだったのだろう」

そういって、左門は嘆息《たんそく》を洩らした。

——人はいろんな荷を背負って生きているものだ。

つくづくそう思った。清四郎の目には、息も絶え絶えの柄戸仙十郎の姿が残っている。九人もの罪なき人間の命を奪った男の最期の真実が、『遊喜楼』の茶屋女・お夕への未練だったと思うと、やりきれない虚《むな》しさが込み上げて来た。

「いずれにしても……」

猪口の酒を呑み干して、左門がいった。

「今度の事件は、おぬしの助力なくしては解決出来なかった。あらためて礼をいう」

「水臭いぞ、左門」

清四郎は恬淡《てんたん》と笑った。

「町方の仕事を手伝わせろといったのは、おれのほうなんだぜ。……もっとも、一度はおぬしに断られたがな」

「いまは後悔している」

「やけに謙虚《けんきょ》じゃないか」

「謙虚ついでに、この店はおれが払っておこう」

「おい、おい、もう帰るのか」

「お志津さんが待っている。『千鳥』に顔を出してやってくれ」

いい置くと、店の小女に酒代を払って左門は出て行った。

「待ってくれ。左門」

清四郎はあわててあとを追ったが、左門の姿はもう人混みの中に消えていた。

ふっと風が匂った。濃厚な化粧の匂いを撒《ま》き散らして、芸者ふうの女が清四郎のかたわらを通り過ぎて行ったのである。その瞬間、

（お志津に会いたい）

唐突にそう思った。無性《むしょう》にお志津の肌が恋しくなった。

無意識裡《り》に清四郎の足は速まっていた。

注・本作品は、平成十八年九月、徳間文庫（株式会社徳間書店）から刊行された、『街道の牙』を底本にしています。

# 一〇〇字書評

切・り・取・り・線

| 購買動機（新聞、雑誌名を記入するか、あるいは○をつけてください） | |
|---|---|
| □（　　　　　　　　　　　　　）の広告を見て | |
| □（　　　　　　　　　　　　　）の書評を見て | |
| □ 知人のすすめで | □ タイトルに惹かれて |
| □ カバーが良かったから | □ 内容が面白そうだから |
| □ 好きな作家だから | □ 好きな分野の本だから |

・最近、最も感銘を受けた作品名をお書き下さい

・あなたのお好きな作家名をお書き下さい

・その他、ご要望がありましたらお書き下さい

| 住所 | 〒 | | | | |
|---|---|---|---|---|---|
| 氏名 | | 職業 | | 年齢 | |
| Eメール | ※携帯には配信できません | 新刊情報等のメール配信を 希望する・しない | | | |

この本の感想を、編集部までお寄せいただけたらありがたく存じます。今後の企画の参考にさせていただきます。Eメールでも結構です。

いただいた「一〇〇字書評」は、新聞・雑誌等に紹介させていただくことがあります。その場合はお礼として特製図書カードを差し上げます。

前ページの原稿用紙に書評をお書きの上、切り取り、左記までお送り下さい。宛先の住所は不要です。

なお、ご記入いただいたお名前、ご住所等は、書評紹介の事前了解、謝礼のお届けのためだけに利用し、そのほかの目的のために利用することはありません。

〒一〇一-八七〇一
祥伝社文庫編集長　清水寿明
電話　〇三（三二六五）二〇八〇

祥伝社ホームページの「ブックレビュー」からも、書き込めます。
www.shodensha.co.jp/
bookreview

祥伝社文庫

街道《かいどう》の牙《きば》　影御用《かげごよう》・真壁清四郎《まかべせいしろう》

令和 3 年 8 月 20 日　初版第 1 刷発行

著　者　黒崎裕一郎《くろさきゆういちろう》
発行者　辻　浩明
発行所　祥伝社《しょうでんしゃ》
東京都千代田区神田神保町 3-3
〒 101-8701
電話　03（3265）2081（販売部）
電話　03（3265）2080（編集部）
電話　03（3265）3622（業務部）
www.shodensha.co.jp
印刷所　堀内印刷
製本所　ナショナル製本
カバーフォーマットデザイン　中原達治



Printed in Japan ©2021, Yūichirō Kurosaki　ISBN978-4-396-34755-0 C0193